KEY·可以文化

双头鹰经典

白银时代诗歌金库

男诗人卷

Русская поэзия Серебряного века

〔俄〕曼德尔施塔姆 马雅可夫斯基 等 著

郑体武 译

浙江文艺出版社
Zhejiang Literature & Art Publishing House

前　言

　　十九世纪末二十世纪初在俄国文学史上，拥有一个响亮的名字："白银时代。"文化勃兴，诗歌繁荣，文化与诗歌相互渗透，彼此丰富，各得其所，相得益彰，是这个时代的突出特征。

　　自二十世纪九十年代学界开始普遍接受白银时代的说法以来，冠以白银时代的各类论著一时令人目不暇接，白银时代的使用范围远超出文学领域，如白银时代的文化、白银时代的音乐、白银时代的绘画等等，诸如此类，不一而足。白银时代成为了跨越诸多文化艺术领域的一门显学。然而细究这一术语的由来，不难知道，诗人敖祖普在三十年代初最早提出这个说法时，其含义很明确：是指现代派诗歌，也就是象征主义、阿克梅主义和未来主义。由此可见，对于白银时代术语使用的泛化现象，无论持何种观点，将白银时代与诗歌联系起来，是最名正言顺的。换言之，白银时代最有代表性的文化成就，非诗歌莫属。

　　"白银时代"，是相对于普希金为代表的十九世纪前期俄国诗歌的"黄金时代"而言。所谓"黄金""白银"，乃时代之喻耳，并非诗歌品质上的差异。这两个时代，恰好代表了俄国诗歌发展史迄今为止的两座高峰。如果真要说二者的不同之处，那就是，黄金时代是普希金一枝独秀，普希金的精神和诗艺，堪称那个时代独一无二的代表，同时代其他诗人在普希金这颗耀眼的

"诗歌太阳"面前,不可避免地黯然失色。因而黄金时代也称为普希金时代。而白银时代不然,它无法以任何一位诗人的名字命名。这是因为,白银时代的诗风无论如何不可归结为一两个或者若干个大师的创作,这也是这一时代的特点:各家诗人的创作代表了各自的文学流派,践行着不同的创作主张,创作倾向和诗学探索也各式各样,甚至经常各执一端,互不相让。有趣的是,在各种流派标签下运作的白银时代俄国诗坛,罕见地推出了一大批杰出诗人,其中包括象征派的勃洛克、阿克梅派的阿赫玛托娃和曼德尔施塔姆、未来派的马雅可夫斯基、新农民诗派的叶赛宁等具有世界影响的巨匠。游离于派系之外的茨维塔耶娃无疑也属于此列。二十世纪俄罗斯那些最伟大的诗人,均出于这个时期。

本书精选白银时代 16 位重要诗人代表性诗作 230 余首,以现代派为主;鉴于白银时代女诗人辈出,其成就之高,在俄国女性文学史可谓前无古人,后无来者,即便与同时代的男性诗人相比,也不遑多让,所以,经与出版社商议,决定将女诗人抽出,另编一册《白银时代诗歌金库·女诗人卷》,郑重推荐给广大读者和诗歌爱好者。

郑体武

2019 年 3 月于沪上

目　录

弗拉基米尔·索洛维约夫

弗拉基米尔·谢尔盖耶维奇·索洛维约夫（Владимир Сергеевич Соловьев，1853—1900），俄国宗教唯心主义哲学家，诗人，象征主义先驱之一。生于莫斯科一个知识分子家庭，父亲是著名史学家谢尔盖·米哈伊洛维奇·索洛维约夫。毕业于莫斯科大学，尔后在那里讲授哲学。1881年在彼得堡发表公开演说，为因行刺沙皇而被判死刑的民粹党人申辩，从而被迫离职，中止教学生涯。

索洛维约夫的第一本诗集出版于1891年，该诗集从实质上讲非常接近象征派，但他自己却对象征派持批评态度，还撰文对象征派极力讽刺挖苦。尽管如此，象征派诗人们，如勃留索夫、勃洛克、别雷等仍对他推崇备至，一致把他奉为自己的先驱和导师，事实上，他也的确当之无愧，因为他的"世界末日""宇宙灵魂"等宗教神秘主义学说不仅仅通过哲学论著，还通过诗歌创作而对俄国象征派尤其是"新一代象征派"（勃洛克、别雷、伊万诺夫等）产生了巨大的影响。堪称新一代象征派的精神领袖。

索洛维约夫的诗歌作品不多，除抒情诗外，还有讽刺诗和戏谑诗。他的诗大多富于哲理，是其哲学思想的诗化体现。

我们是尘世之梦的影子

我们是尘世之梦的影子……
生命就是影子的捉弄，
是那些明亮的永昼
投下的一连串远影。

但影子会彼此交融，
先前那些清晰的梦境，
它们先前的面貌
你将无从辨认。

整个大地覆盖着
黎明前的灰色朦胧；
问候的战栗主宰了
一颗先知先觉的心。

先知先觉的心不会欺骗。
相信吧，影子会消隐，——
不要哀伤：新的永昼
很快就要降临。

1875

炎热的暴风雪的异样压抑

炎热的暴风雪的异样压抑
使我忘却了昔日的幻影，
我又听到了神秘的女友
她那渐渐远去的呼声。

随着一声惊恐和痛苦的呐喊，
那只被铁索捆缚的鹰——
我被囚禁的灵魂为之一振，
它冲破罗网，飞向高空。

在九霄云外的极顶，
面对烈焰奇迹的海洋，
在光辉灿烂的圣地，
它燃烧起来，随即不知去向。

1882

没有翅膀的精神被大地俘获

没有翅膀的精神被大地俘获，
忘记了自己的上帝被别人忘记……
唯有梦——生出翅膀，你又
远离尘世的烦扰，向高天飞去。

熟悉的闪耀射出的一道微光，
天外歌曲的回声萦绕在耳际，
面对敏感的心灵，又一次
呈现出从前那片光辉的天地。

唯有梦——你将不得不重新
在难挨的愁苦中驱遣白日，
盼望异地的幻影再次出现，
神圣和谐的回声重新响起。

1883

可怜的朋友，你旅途劳顿

可怜的朋友，你旅途劳顿，
目光暗淡，衣冠不整。
走进我的房门来歇一歇吧，
天色已晚，夕辉散尽。

可怜的朋友，我如此爱你，
我对你何来何往不会询问。
只要你叫一声我的名字——
我会默默让你依偎我的心。

死亡与时间笼罩着大地——
请别称它们为万物的主人。
一切终将旋转着消失于黑暗，
唯有那爱的太阳凝然不动。

1887

EX ORIENTE LUX①

"东方之光，东方之力！"
意欲君临天下的伊朗皇帝
驱赶着他成群结队的奴隶
浩浩荡荡投入温泉关战役。

但普罗米修斯盗自天国
并送给希腊的礼物并非徒劳，
面对寥寥几个无畏的公民
那些奴隶面色惨白，四下奔逃。

是谁走过一条光荣的路，
抵达了印度和刚果之境？
那是马其顿军团的方阵，
那是威风凛凛的罗马之鹰。

那是理智和法律——
全人类的起点的伟力
筑起的一个西方强国，
罗马让世界实现了统一。

———————————

① 拉丁语：光明来自东方。——若无特殊说明，本书脚注均为译者注

可到底还是缺了些什么。
为什么全世界会血流成河？
宇宙灵魂在苦苦思念着
信仰的精神，爱的魂魄！

先知所言并非虚妄，
东方之光照亮了世界，
曾经以为绝无可能的事情
先知早有预言和承诺。

东方之光，来自东方，
充满了征兆，充满了力量，
它的光芒照耀四方，
为东西方和解筑起桥梁。

啊罗斯！你不乏远见卓识，
却困扰于这样一个高傲的思想：
你究竟要成为怎样的东方——
薛西斯①的东方还是基督的东方？

1890

① 薛西斯一世（约公元前 519—前 465），古代波斯皇帝，在位期间曾率大军入侵希腊，洗劫雅典，但在萨拉米海战中被打败。死于宫廷政变。

尼布甲尼撒①偶像

献给康·彼·波别多诺斯采夫②

他大声疾呼："我的子民啊！
你们全是奴隶，我才是主人。
但愿从此一代又一代
主宰你们的只有一个神。

我召唤你们出征杜拉③平原。
赶快抛弃你们的各色神明，
朝着我的双手所造之物
尽情地膜拜，雀跃欢欣。"

难以胜数的人群如潮涌动；
听得见雷鸣般的音乐之声；
祭司们顺从地唱着赞歌，
面对新的祭坛不断地鞠躬。

---

① 尼布甲尼撒二世（约公元前 634—前 562），新巴比伦王国君主，伟大的
  政治家、军事家、战略家。曾多次攻陷耶路撒冷，并制造"巴比伦之
  囚"。
② 康·彼·波别多诺斯采夫（1827—1907），俄国国务活动家、法学家、政
  论家。
③ 杜拉（Дура）或德伊尔（Деир），为希腊语的不正确注音，靠近巴比伦
  的一个平原。——索洛维约夫自注

从埃及到帕米尔高原
各地的王公群起响应，
他们将那人工的偶像
尊为主宰，统治众生。

他雄伟、沉重，令人生畏，
脸似公牛，脊背如龙，
香炉的烟雾在四周围绕
脚下供奉着一大堆祭品。

就在这时尼布甲尼撒
在王座上的偶像面前现身，
只见他头戴七层的王冠，
手执金球权杖，威风凛凛。

他说道："我的子民啊！
我是王中王，人间的神。
我到处践踏自由的旗帜，——
大地在我面前亦不敢作声。

但我看见，你们在狂热地
膜拜和祈祷另外一些神，
你们忘了，只有宇宙之王
才能将神给予自己的奴隶们。

如今要给你们一位新神！
我已用御剑为他加封，
而对那些违背他意志的人，
则备好了十字架和火刑。"

"你是众神之神！"一声呐喊
在平原传开，似古怪的呻吟，
与音乐的铿锵混在一起，
还有颤抖的祭司们的嗓音。

在这疯狂和耻辱的一天，
我坚定地呼告我主我神，
我的声音盖过那卑劣的合唱，
响彻了整个高远的天空。

于是从纳哈拉伊姆①高处
降下了雨雪交加的严冬，
清晰可见如祭坛上的烈焰，
我头顶的苍穹裂开一道隙缝。

那雪白雪白的暴风雪
与冰雹和雨水相交混，
给四周的杜拉平原

---

① 古希伯来语地名，指翻越高加索山脊的隘口。此处指高加索山。

穿上一层薄薄的寒冰。

他仰面朝天地倒下了，
倒在一场大崩溃之中，
吓坏了的子民弃他而去，
在惊慌失措中四散逃命。

昨日世界主宰所在之处，
如今我见到的是一群牧人：
那尊偶像的缔造者，
被他们放牧于他的畜群。①

1891

---

① 据《圣经》中的说法，尼布甲尼撒二世死后变成了一头公牛。

三日未与你相见，可爱的天使

三日未与你相见，可爱的天使，——
三次无尽的烦恼，还在前面！
宇宙于我仿佛是一座坟墓，
生命在痛苦不堪的胸中凋残。

而疯狂的我却唱什么痛苦已经过去，
唱什么迟来的爱带来的只是芬芳……
我那被杀死的灵魂中一切都已崩塌，
彩虹般的理想被折断了翅膀。

啊亲爱的！你的朋友情愿献出
所有高傲的言语和整个高傲的心，
为了换取哪怕一次短暂的约会，
为了听见哪怕一次恋人的足音。

1892

泛蒙主义

泛蒙主义！听上去怪异，
在我却是个悦耳的字眼。
仿佛里面充满了神
对命运的伟大预言。

当在腐朽的拜占庭
神的祭坛香火已断，
神甫和大公、人民和皇帝
与弥赛亚渐行渐远——

那时，蒙古从东方
聚起一批陌生的无名部落，
于是在厄运的重炮之下
第二罗马转眼间灰飞烟灭。

一个帝国就这样消亡了——
我们不想重蹈拜占庭的覆辙。
可谄媚者对俄罗斯喋喋不休：
你是第三罗马，你是第三罗马。

随他去吧！上帝的惩罚手段

还没有将其库存耗尽，
被唤醒的那些部族
正准备发动新的进攻。

从马来西亚水域到阿尔泰山脉，
从东方的各个岛屿
到老大中国的长城脚下，
首领们聚集的大军铺天盖地。

有如蝗虫，有如蝗虫
不可胜数而又永不餍足，
这些部落一路向北挺进，
受到一种异地力量的保护。

罗斯啊！忘却过去的荣耀吧：
双头鹰已经被消灭，
你的被撕成碎片的旗帜
只能留给黄皮肤的孩子们取乐。

可能忘记了爱的训诫的人
在战栗和恐惧中寻求苟安……
第三罗马土崩瓦解了，
而第四罗马再也不会出现。

1894

秋天的微笑把我照亮

秋天的微笑把我照亮——
它比天空明媚的笑容更为可亲。
无形的和模糊不定的人群后面
亮光一闪，随即又消失了影踪。

哭吧，秋天，哭吧，你的眼泪令人愉悦，
颤抖的树林啊，尽情地对着天空痛哭！
怒号吧，暴风雨，把自己全部的威胁，
把自己全部的能量消耗在大地的胸脯！

大地、天空和大海的主宰啊！
我听得见你，透过这隐约的呻吟，
还有你的目光，同敌对的黑暗争辩，
忽然间把豁然开朗的天际照个通明。

1894

暴风雨下的塞马湖①

塞马湖上波涛翻滚，
犹如大海浪潮汹涌。
紊乱的自然力要摆脱束缚，
与敌对的命运抗争。

须知，大理石镣铐并不称心，
唯有无限中的安宁才令人畅快。
你梦见过去的原始世纪，
想要重新成为大地的主宰。

拍击、汹涌吧，野性的女囚！
永恒的耻辱属于自愿的奴隶！
你的梦想会实现，伟大的自然力，
自由的波涛将有广阔的天地。

1894

---

① 芬兰东南部，靠近俄罗斯，为著名旅游度假胜地。

冬季在塞马湖上

你全身裹着毛茸茸的棉衣，
在大地的怀抱安然入梦。
闪光的天空没有死亡气息，
这一片洁白晶莹的恬静。

不，我并非徒劳地找寻你，
在不受打扰的深深安宁中。
在我眼里你恰是一位仙女，
主宰着那些山野和松林！

你纯洁无瑕，像高山之雪，
你耽于思索，似冬夜深沉，
你一身阳光，如极地火焰，
你是混沌之女，光彩照人。

1894

瓦列里·勃留索夫

瓦列里·雅科夫列维奇·勃留索夫（Валерий Яковлевич Брюсов，1873—1924），生于莫斯科商人家庭。祖父是农奴，做生意发财后赎回自由。父亲喜欢民粹派，爱读车尔尼雪夫斯基和皮萨列夫的作品。家庭里非常尊重科学，无神论气息很浓。中学毕业后勃留索夫考入莫斯科大学文史系，1899年毕业。他很早就投身创作，1894—1895年间主编并出版了三本作品集《俄国象征派》（其中大部分是他自己的作品），标志着俄国象征主义正式登上诗歌舞台。他是十九世纪末二十世纪初俄国象征主义最重要的活动家之一。他勤奋博学，不仅是诗人，还是史学家，文学理论家，作家，翻译家，戏剧家，写过研究普希金和诗歌理论方面的专著，还讲授过数学史，被高尔基称为"俄国最有文化修养的作家"。

勃留索夫没有梅列日科夫斯基等人的宗教神秘主义，相反，在其成熟时期的作品里不乏现实主义特点。他的诗风稳健，硬朗，犹如铜铸一般；形式灵活多样，充满不懈的探索精神和试图包罗万象的气魄，勃留索夫把都市形象及其居民与广告灯光引进自己的作品里。他同情1905年革命，十月革命后同苏维埃政权热情合作。著有诗集《第三班岗》（1900）、《致城市与世界》（1903）、《花环》（1906）、《影镜》（1912）、《七色彩虹》（1916）等等。

预 感

我的爱是爪哇岛灼热的正午，
像梦一般飘溢着致命的芬芳，
成群的蜥蜴微闭着瞳孔躺卧，
树干上缠绕着一条条巨蟒。

你走进一座铁石心肠的花园，
是为了休憩，为了痛快的游戏？
花儿颤抖着，青草急促地呼吸，
一切充满魅惑，一切散发着毒气。

我们去吧：有我在！去享乐，
去四处游荡，戴着兰花的头冠，
似一对贪婪的蛇，身体相纠缠！

白昼会悄然溜走。你将合上双眸。
那是死亡！——我将用藤蔓的尸布
将你一动不动的玉体裹住。

1894

创 作

未完成的作品的影像
在梦中依稀摇晃，
有如阔叶棕榈的枝叶
在珐琅壁上荡漾。

一只只紫罗兰的手臂
恍惚地在珐琅壁上，
在铿锵激越的寂静中
勾画千姿百态的声响。

一座座透明的亭榭
在铿锵的寂静中生长，
仿佛熠熠生辉的光点
映着蓝色月球的辉光。

赤裸裸的月亮升起，
映着蓝色月球的辉光……
声响半睡半醒地翱翔，
对我柔情荡漾。

已完成的作品的秘密

对我柔情荡漾，
阔叶棕榈的枝叶
在珐琅壁上摇晃。

1895

以撒哈顿①

亚述题诗

我是人间的众王之王——以撒哈顿。

统治者和君主们：你们的灾难降临！

我刚继承王位，西顿②便奋起反抗你们，

我摧毁西顿并将残垣扔进大海之中。

我说出的话对埃及就等于法律，

以栏③在我的目光里读到了命运。

我在敌人的尸骨上建造起王座。

统治者和君主们：你们的灾难降临！

谁能凌驾于我？谁堪同我匹敌？

所有人的事业不过疯狂的梦影，

对功勋的幻想犹如孩提时代的憧憬。

人间的荣耀啊，我已将你汲取净尽！

---

① 以撒哈顿（公元前 680—前 669 年在位），亚述国王，曾发动对阿拉伯、
腓尼基、埃及的战争，修复了被其父摧毁的巴比伦城。

② 腓尼基城市，为以撒哈顿所灭。

③ 位于亚述东南的古国。

看，我傲然屹立，独自一人，威风凛凛。

我是人间的众王之王——以撒哈顿。

1897

我

我的灵魂在矛盾的迷雾里尚未疲倦，
我的智慧在命定的纠缠下尚未衰减。
我爱所有的幻想，我珍惜所有的语言，
我对所有的神灵都把诗篇奉献。

我把祈求禀奏给阿斯塔忒①和赫卡忒②，
像祭司般把百只贡牲的血洒在祭坛，
然后走到基督受难的十字架的下面，
将死亡般强大的爱情高声颂赞。

我拜访了雅典所有的哲学院与学园，
在蜂蜡上一一记下了智者们的箴言；
我像忠实的学生一样受到人人喜欢，
但我自己却只偏爱把词句缀连。

在塑像林立和歌声缭绕的幻想之岛，
我的足迹把或明或暗的每条路踏遍；

---

① 苏美尔-阿卡德的爱情与权力女神伊什达的希腊名字。
② 希腊神话中夜和下界女神，也是幽灵和魔法的女神，经常以三头三身出现。一说是月亮女神，在天上称塞勒涅，在地上称阿尔忒弥斯，在冥界称赫卡忒。

我时而对更有形、更闪光的东西鞠躬，
时而因预感到阴影而毛骨悚然。

我令人奇怪地爱恋着这矛盾的迷雾，
并开始急切地寻找与生俱来的疑团。
我爱所有的幻想，我珍惜所有的语言，
我对所有的神灵都把诗篇奉献。

1899

每一瞬间

每一瞬间都是奇迹和疯狂，
每一次战栗都令我奇怪莫名。
混乱的思路纠结成了一团，
如何分辨什么是真什么是梦？

这个世界含糊其词没完没了，
我的形象在精神的秘密中消隐；
但这样的秘密与理智相悖，
只消抬头望一眼寂静的天空。

每一块石头都能成为传奇，
假如住在度日如年的监狱中，
所有被人们遗忘的歌词
有时会神秘地在头脑里辉映。

但渴求的理想吸引着我们
走向一场生死之战——跟所有人！
何等惬意啊——登基加冕，
还有亲吻那些温顺的嘴唇。

每一条路上都能遇到奇迹！

这个世界乃是另一世界的影子。
这些思想来自那个地方，
这些诗句乃是台阶的最初一级。

1900

泥瓦匠

"泥瓦匠啊，系白围裙的泥瓦匠，
你在建造什么？为谁而建造？"
"哎，别碍事，我们忙得不可开交，
我们正在建造、正在建造监牢。"

"泥瓦匠啊，手执铁锹的泥瓦匠，
什么人将在监牢里面哭嚎？"
"想必不是你和你的兄弟，有钱人。
你们什么都有，用不着去偷盗。"

"泥瓦匠啊，泥瓦匠，漫漫长夜
什么人将在那里忍受煎熬？"
"也许，我的儿子，我一样的工人。
我们面临的总是险恶的世道。"

"泥瓦匠啊，泥瓦匠，大概他会想起
是谁搬砖运瓦，帮你建造监牢。"
"哎，小心，别在脚手架下耍闹……
不必多言，我们自己什么都知道。"

1901

孤 独

日月如梭，光阴荏苒，
我们徒然等待自由光顾。
在心灵的监牢深处，
我们的孤独何等残酷！

我们注定要永远独居，
并且我们黑暗的窗户
如此恶毒地折射出的
是别人的欢乐和痛苦。

眼看着生命枉然流逝，
日复一日，年复一年，
我们的爱情，我们的承诺，
全是谎言，全是欺骗！

无力说出，无力听见，
耳朵不灵，舌头僵硬，
唯有时间知道，何以
平息这疯狂的吼声。

扯下内衣，赤身裸体，

胸贴胸彼此相拥相抱，——
没有冲动！没有希望！
我们的欲望各行其道！

没有沟通，没有融合，
有的只是狂躁的饥饿，
还有愿望的一致，
以及奴隶的冷漠。

灵魂徒劳地用翅膀
拍打着铁铸的大门。
它永远看守在这里，
越过它绝无可能！

一个旅行人在草地中间
把目光徒然投向四方：
我们永远是在圆圈中央，
视野永远不会宽广！

1903

灰色马

> 一匹灰色马，骑在马上的名字叫作死……
> ——《启示录》第六章第八节

1

街道如同暴风雨。人群行色匆匆，
仿佛不可挽回的厄运在追逐他们。
公共马车、出租马车和轿车风驰电掣，
怒气冲冲的人流没有枯竭。

招牌眨动着变化无定的眼，从天上，
从三十层楼的高处旋转着坠落；
卖报人的嘶喊与鞭子的呼啸
同车轮的吱嘎声与跳跃声汇入一首高傲的赞歌。

被五花大绑的月亮们泼洒着残忍的月光，
月亮，自然的主宰们创造的月亮。
在这月光中，在这轰鸣中——灵魂年少，
被生物之城所迷醉的人们的灵魂。

2

忽然——在这风暴里，这地狱的嗳嚅里
这化身为尘世形态的梦呓里——
闯进、刺入了一种异己的、不和谐的蹬踏声，
淹没了那些马车的呼啸、言语和轰鸣。

转弯处现出一个骑士火红的脸膛，
那马箭一般飞奔，眼里含着火星。
空气中还在发抖——回声、呐喊，
但瞬间的战栗过后——是目光中的惊恐！

骑士手中拿着一幅展开的长卷，
火光闪闪的文字宣告了一个名字：死亡……
天空在街道上方的高处突然火光一闪，
周遭有如绚丽的织锦，瞬间被照亮。

3

人们在无边的恐惧中掩住脸面，
忽而毫无意义地呼叫："大难临头了！上帝与我们同在！"
忽而跪倒在马路上，乱成一团，捶胸顿足……
野兽和畜生惊慌失措，把头埋进四脚之间。

只有一个妇人，来此地贩卖
自己的美貌，——兴奋地扑向那匹马，
哭哭啼啼地亲吻着马蹄，
朝火光四起的白昼伸出双臂。

还有一个从医院逃出来的疯子，
跳了出来，痛不欲生，撕心裂肺地大吼：
"世人啊！你们竟然认不出上帝之手！
你们中的四分之一将死掉——死于瘟疫、饥饿和刀剑！"

4

但兴奋和恐惧延长了——短暂的一瞬。
瞬间过后慌乱的人群已经不见踪影：
纵横交错的街道上开始了新的车水马龙，
一切又都撒满了跟平时一样的光芒。

没有人能够回答，在喧闹嘈杂的风暴中
那场从天而降的幻象真的有过抑或空梦一场。
只有一个从厅堂出来的妇人和一个疯子
还在伸着双臂追赶已经消失了的幻想。

可就连他们也被汹涌的人流冲走了，
好似被遗忘的诗句中多余的词语。

公共马车、出租马车和轿车风驰电掣，
怒气冲冲的人流没有枯竭。

1903

未来的匈奴人

踏碎他们的天堂，阿提拉。
——维亚切斯拉夫·伊万诺夫

你们在何处，未来的匈奴人，
你们曾是笼罩世界的乌云！
我听见未被发现的帕米尔高原
响起了你们得得的铁蹄声。

从黑暗营地朝我们压过来吧，
得意忘形的乌合之众，——
用燃烧的血液的波涛
让萎靡的身体振作起精神。

自由的囚徒啊，一如从前
在皇宫旁搭起一间间窝棚，
在金碧辉煌的王座大厅
将一片欢乐的田野翻耕。

用书籍架起一堆堆篝火，
在火光中兴奋地手舞足蹈，
在神殿里制造下流龌龊，——

你们是无辜的，就像孩子。

而我们，这些智者和诗人，
这些秘密与信仰的守护者，
我们要将点燃的火光送进
地下的墓穴、洞窟和荒野。

在这场疾风暴雨之下，
伴着这破坏性的电闪雷鸣，
这游戏般的变故能留下什么——
从我们无比珍视的创造中？

或许一切都将灰飞烟灭，
只有我们对此了然于心，
可对意欲消灭我的你们，
我还是要以一曲赞歌相迎。

1904

致城市

酒神礼赞

威严地君临于一片山谷，
将点点灯火扎进苍穹，
你被工厂烟囱的栅栏
铁石心肠地层层围绕。

钢的、砖的、玻璃的城，
四周尽是铁丝网，
你是不倦的魔法师，
你是永不衰竭的磁铁。

如一条凶残的、不会飞的
恶龙盘踞，你守护着岁月，
而沿着你密集的铁的血管
流淌的不是天然气，是水。

你那大得无法衡量的巨腹
千年的猎物也无法满足，——
仇恨在里面不停地抱怨，
贫穷在里面严酷地呻吟。

你啊，机智的城，固执的城，

你用黄金筑起了宫殿，
你为妇女、为绘画、为书籍
建造了节日般热闹的殿堂。

然而你自己却不安分守己，
你呼吁乌合之众去夺取你的宫殿，
还派遣三大首领秘密集会：
疯狂、高傲和贫穷！

到了夜里，当水晶大厅里
热火朝天的骄奢淫逸在狂笑，
高脚杯中轻柔地泛起一个个
淫荡的瞬间的有毒泡沫，——

你压迫着忧郁的奴隶的脊背，
为了让旋转锻造机
疯狂而又轻松地
锻造出一把把锋利的刀刃。

狡猾的蛇，眼睛令人着魔！
当你一时冲动怒不可遏，
你会将带着致命毒药的尖刀
对准自己的心脏高高举起。

1907

康斯坦丁·巴尔蒙特

康斯坦丁·德米特里耶维奇·巴尔蒙特（Константин Дмитриевич Бальмонт，1867—1942），诗人，俄国象征主义最主要的代表之一。生于弗拉基米尔省的一个地主家庭。在中学读书时因参加革命小组而被开除，后考上莫斯科大学法律系，又因参加学生运动而被赶出校园。第一本诗集发表于1890年，此后出版的几本集子中的《让我们像太阳一样》（1902）让他在诗坛上声名大噪。他对1905年革命持同情态度，并曾歌唱"自觉、勇敢的工人的胜利"（这类诗收集在《复仇者之歌》中），因而被迫流亡国外，游历了许多国家。1913年回到俄国。1920年再度出国，直到1942年在法国去世。

巴尔蒙特差不多是俄国象征派第一浪潮最著名的诗人，后来声望日衰。巴尔蒙特的诗富于异国情调、孤芳自赏，有时不免做作，但许多作品的语言都飘逸洒脱，极富乐感，节奏和韵律优美和谐，再加上巧妙地运用反复的手法，读来意韵深长，有回肠荡气之感。因此，有人比喻说巴尔蒙特的节奏是"荡漾于微波之上的一叶扁舟"。

疲惫之舟

黄昏。海边。风的叹息。
波涛阵阵雄浑的呐喊。
暴风雨临近。不受魅惑的
一叶扁舟碰撞着堤岸。

不受幸福的纯粹魅惑，
这疲惫之舟，惶恐之舟
为探寻光明之梦的居所，
丢弃海岸，与暴风雨搏斗。

在海边飞奔，在海上飞奔，
任凭大海潮落潮涨。
黯淡无光的月亮在张望，
充满了苦涩惆怅的月亮。

黄昏死了。夜色渐浓。
大海在喧吼。黑暗在滋长。
疲惫之舟被夜幕笼罩。
暴风雨在大海深处发出轰响。

1894

我展开幻想捕捉渐去的影子

我展开幻想捕捉渐去的影子，
消逝的白昼的渐去的影子。
我登上高塔，台阶不停地战栗，
台阶在我脚下不停地战栗。

我举步愈高，就愈加清晰，
远方的轮廓就愈加清晰。
有什么声音在远处响起，
在我周围，在天地间响起。

我举步愈高，就愈加明亮地闪烁，
困倦的山峰就愈加明亮地闪烁，
仿佛在用告别的光辉抚摸，
好像在把模糊的视线轻柔地抚摸。

而在我的脚下黑夜已经来到，
为了入睡的大地黑夜已经来到。
白昼的天光为我而闪耀，
落日的余晖在远方闪耀。

我懂了：该如何捕捉渐去的影子，

消逝的白昼的渐去的影子。
我登高不止，台阶不停地战栗，
台阶在我脚下不停地战栗。

1894

羽 茅
致伊·蒲宁

犹如一个垂死的幽灵，
一棵羽茅在草原上摇晃，
它望着渐渐暗淡的月亮，
为白色的小云朵忧伤。

一片片模糊的阴影
在一望无际的空间游荡，
不堪一击、转瞬即逝的阴影
对着贪婪的风低声吟唱。

一闪即逝的光芒
消失在云雾之中，
沉没了的一切往事
出现在古墓的上空。

月亮闪烁，渐暗，
即将熄灭，消隐，
羽茅战栗、摇晃，
仿佛垂死的幽灵。

1895

芦 苇

夜半时分在沼泽深处
隐约听得见芦苇窸窣。

它们在耳语什么？诉说什么？
为何它们中间有星火闪烁？

飘忽，闪烁——迷茫的光点
时隐时现，忽明忽暗。

午夜时分芦苇发出声响飒飒，
那里有蛇声咝咝，蟾蜍安家。

一张垂死的面孔在沼泽中发抖。
那是血红的月亮忧伤地低下头。

沼气四处扩散，潮湿贴地爬行，
沼泽要诱惑、攫住、吸吮什么人。

"那是谁？为了什么？"芦苇问道，
"为什么我们中间有星火闪耀？"

可忧伤的月亮默默地垂下头去。
她不知道。她的面孔越来越低。

芦苇发出苦闷而轻微的窸窣，
一遍遍把死去灵魂的叹息重复。

1895

无 言

俄罗斯天生具有一种倦怠的温柔、
秘而不宣的痛苦和藏而不露的忧伤、
难以排遣的悲哀、默然无语、无尽无休，
寒彻骨髓的天空、渐渐离去的远方。

黎明时分请你来到山坡上吧——
不胜寒冷的河面缭绕着一丝清凉，
广阔无垠的凝滞的树林变得黑暗，
心儿那么不悦，那么痛苦难当。

芦苇凝然不动。水面风平浪静。
莎草不再颤抖。无言宁静安详。
连绵的草地向远处、远处延伸。
沉默不语的倦怠在万物中滋长。

傍晚时分走进乡村花园的清幽处吧，
就像走进清新的波涛一样——
树木那么朦胧、奇异、静默，
心儿那么不悦，那么痛苦难当。

仿佛灵魂在索取盼望已久的东西，

而人们给它痛苦作为应得的报偿。
心儿宽恕了，可心儿也凉了，
它哭啊，哭，泪水抑制不住流淌。

1900

真理之路

五情乃谎言之路。一旦我们看清
真理本身，便有如痴如狂的兴奋。
那时，深沉的夜将用责备
神秘地照亮困倦的眼睛。

昏暗无底，梦境扑朔迷离，
钻石从乌黑的煤炭中产生。
真理总是超越情感赋予我们，
当我们进入神圣迷狂的光中。

每个人心中都有一个无形诱惑的世界，
就像每一株树里都蕴含着火种，
它还没有爆发，但在等待苏醒。

触摸那神秘力量吧，摇醒沉睡的世界，
意想不到的事物将在复活的幸福中
翻身跃起，把你照个浑身通明。

1901

在大楼里

致高尔基

拥挤不堪的大楼实在是难受，
住在里面的人憔悴而又丑陋，
褪色的语言的记忆把他们束缚，
　　创造的奇迹早被他们忘在脑后。

他们的生活无聊之至。
喜欢谁就给谁套上枷锁。
"嘿，怎么，你幸福？""怎么说呢，凑合……"
　　荒唐透顶！是的，没错！

他们封闭在墓穴里，身心衰竭。
却不知有鸟儿在空中展翅高飞。
鸟儿算什么？蜣螂、蜘蛛、海蛆
　　不知比人的幻影英明几倍。

广袤的沙漠里一切完整无缺，
愿望与愿望的交流自由自在，
那里没有被感觉怀疑的圣物，
　　那里没有人会惨遭迫害。

自由啊，自由！谁理解了你，

谁就懂得江河自由的奔流。
高山雪崩虽然会带来危险，
　　可这道风景永远美不胜收。

谁曾接近和目睹过死亡，
谁就懂得生命深邃而美好的内涵。
啊人们，我倾听了自己的心，
　　我知道，你们的心多灾多难。

是的，但愿你们能够理解……
可是看吧，我面前的门砰地关紧，
地精在笼子里再次冻僵，低声抱怨：
　　"我们不是野兽，我们是人。"

人们啊，我诅咒你们。在黑暗中苟活吧。
循规蹈矩、安分守己、担惊受怕吧。
在你们折磨人的房子里苍白、憔悴吧。
　　你们正在从绞刑架走向绞刑架！

1902

让我们像太阳一样！让我们忘记

让我们像太阳一样！让我们忘记
何人引导我们在金色大道上前行，
我们只需记住，在金色的梦中
我们始终追求另外的事物——
崭新、强大、善与恶相伴相生。
让我们在尘世的愿望里
永远祈祷非尘世的东西！
让我们像永远年轻的太阳，
温柔地爱抚火红的花朵，
透明的空气和金色的一切。
你幸福吗？愿你双倍幸福，
愿你心想事成，美梦成真！
只是不要安于现状，一成不变，
在抵达目标之前，还得前行，
继续前行，命运在指引我们
走进新花绽放的永恒。
让我们像太阳一样，太阳是年轻的。
美的箴言尽在此中！

1903

在水草中间

多好啊，置身于水草中间。
月光融融。深邃。安静。
我们能看见的只有船影，
汹涌的波涛冲击不到我们。

一动不动的水草在凝望，
一动不动的水草在成长。
它们的绿眼睛那么平和，
它们的花朵从容地绽放。

这不再沙沙作响的海草，
这默默无语的深邃海底。
我们爱过，是在从前。
我们忘记了陆地的言语。

五彩斑斓的宝石。细沙。
悄无声息的鱼儿的幽灵。
远离欲望与苦难的俗世。
多好啊，葬身于海之中。

1903

音 乐

当右手和左手施展魔术，
在双色琴键上神奇地歌唱，
思念溅上了星辰的露水，
风铃草在黎明幻想中沙沙作响，

那时你多神圣，你在我们中间
并不孤单，你像阳光随云飘荡；
你是心灵的声音，你是树叶的故事，
你是狄安娜，在沉睡的树林里徜徉。

通过舒曼的梦幻和肖邦的轻叹，
你的一根琴弦的乐音无比悠扬。
月亮的疯狂！你整个就像月亮，
当浪涛沸腾，当微波荡漾。

1913

费奥多尔·索洛古勃

费奥多尔·库兹米奇·索洛古勃（Федор Кузьмич Сологуб，1863—1927），十九世纪末俄国卓越的诗人，作家，象征主义的重要代表人物之一。生于彼得堡一个裁缝家庭，从小丧父，母亲为抚养孩子而做了厨娘。毕业于彼得堡师范学院。从 1882 至 1907 年一直从事教学工作，先是在外省，而后回到彼得堡。1884 年开始发表作品。第一本诗集于 1896 年问世，随后又相继出版《致祖国》（1907）、《火圈》（1908）、《红罂粟》（1917）等，从而奠定了他在二十世纪初俄国诗歌史上的重要地位。此外，作为作家，索洛古勃还出版了《噩梦》《卑鄙的魔鬼》等优秀长篇小说，得到高尔基的高度评价。

索洛古勃的诗以抒写个人体验和感受见长，多取材于个人生活经历，例如，他的教师生涯和寒微身世在他的诗歌里留下了鲜明的印记。他的诗里，既有民歌的通俗流畅，又有典雅隽永之味；感情真挚，结构匀称，语言质朴，技巧高超，深受勃留索夫和勃洛克等大诗人的推崇。

春季的一天有个坏孩子

春季的一天有个坏孩子
用刀割破了白桦树——
晶莹的树汁一滴一滴地
犹如眼泪汩汩流出。

然而创造力并未马上
在繁茂的枝叶中
衰竭和干枯——
枝叶依然如故，
温柔地微笑和招摇，
接受着阳光的爱抚。

1887

命 运

穷人家里生了个男孩。
一个恶婆走进农舍。
她用一只颤巍巍的枯手，
梳理着一头灰白的乱发。

她尾随在接生婆身后，
悄悄凑到婴儿近前，
用她那只丑陋不堪的手
突然触摸了他的脸。

她莫名其妙地念叨一番，
然后敲着拐杖离去。
谁也没明白这套巫术。
时光一年年地流逝，——

神秘的谶语应验了：
男孩在世上遇到了不幸。
而幸福、欢乐和爱情
全被晦气的占卜断送。

1889

孩子活着，只有孩子

孩子活着，只有孩子，——
我们死了，早就死了。
死亡在世上东游西逛，
像是挥舞着皮鞭，
在每个人的头顶
撒下密密麻麻的罗网。

即便她给你延期——
一年、一周或一夜，
那个句号她还是要画上，
并用一辆黑色独轮手推车把你推走，
一路狠命地颠簸摇晃，
从人间世界狼狈而去。

抓紧时间用力呼吸吧，
等待着——你的时辰就要来到。
茫然不知所措地喘息吧，
像冰一样在死亡面前凝住。
期限一过，无论一夜、一周或一年，
你终究要引颈就戮。

1897

马伊尔星①

1

马伊尔星在我头顶照耀，
马伊尔星，
这颗美丽的星
把远方的世界照得通明。

欧伊勒大地在太空的波涛中漂游，
欧伊勒大地，
马伊尔的熠熠星光
辉映着那片大地。

爱与和平之国的里高伊河，
里高伊河
静静地摇摆着马伊尔的脸庞，
用它的碧波。

琴音铿锵，花朵芬芳，

---

① 马伊尔星（Звезда Маир）和诗中的欧伊勒大地（Земля Ойле），均是诗人想象中的乐土。

琴音铿锵，
妇女们齐声高唱，
将马伊尔颂扬。

2

在遥远美丽的欧伊勒
有我的全部爱情和灵魂。
在遥远美丽的欧伊勒
万物借用甜美和谐的歌
赞美存在的无上幸福。

那里，在明亮的马伊尔的照耀下
一切都在盛开，一切都在欢唱，
那里，在明亮的马伊尔的照耀下
在熠熠生辉的太空的摇曳中，
另一个世界神秘地浮现。

在蓝色的里高伊寂静的海岸
异地之美的花团锦簇。
蓝色的里高伊寂静的海岸
无上幸福与安宁的永恒世界，
梦想成真的永恒世界。

3

此地我们所缺少的一切，
罪孽深重的尘世渴求的一切
全都为我们绽放和闪耀，
啊里高伊的乐土！

尘世充满了敌意，
可怜的尘世萎靡不振，
寂静的坟墓能带来欢愉，
还有死亡一样漫长黑暗的梦。

然而里高伊河在欢腾、流淌，
奇异的花卉散发着芳香，
纯洁的马伊尔静静地闪耀，
在永恒之美的乐土上方。

4

我的肉身会慢慢腐烂，
在潮湿的泥土中朽腐，
但我会在群星中间找到一条路，
通向我的欧伊勒，另一个国度。

我会忘却尘世的一切，
我在那里不会是异己，——
我相信另一种奇迹，
一如相信尘世的平淡无奇。

5

你我很快将
在尘世死去，——
我们将一同
前往欧伊勒大地。

在明亮的马伊尔照耀下
我们将重新认识自身，
在明亮的马伊尔照耀下
重新理解神圣的爱情。

我们的世界
极力要掩饰的一切，
太阳要掩饰的一切
马伊尔将展示给我们。

6

马伊尔的光清心寡欲，

妇女们的眼神不含邪念，——
在马伊尔的照耀下
全世界的盛大节日
环绕着欢乐无限。

遥远的欢乐
多么贴近我的心间，——
欧伊勒，你的欢乐——
是一道看不见的围栏
将世俗的欲望隔断。

1898—1901

厌倦了迷荡在世俗的沙漠

厌倦了迷荡在世俗的沙漠，
　　但又热爱生命，
将生命视作脆弱的霜花吧，
　　别把自己相信……

要将大胆否定的毒药
　　洒在灵魂的衣被，
快把自己意识的等同感
　　统统打个粉碎。

别相信从前的你现在的你
　　就是那一个人，
别让自己相信快乐的希望，
　　别相信，别相信！

活着，要知道，你的生命只是一瞬，
　　你永远是另一个，
对未来的秘密和先前的彻悟而言，
　　你就是一个他者……

还有关于秘密目标的热烈思想，

一切的存在
都将灰飞烟灭，一如被丢进河底的断笛
笛声不再。

1898

灰色的涅多蒂科姆卡①

灰色的涅多蒂科姆卡
总是在我周围打转，——
莫不是李霍②在跟我描画
同一个毁灭的圆圈？

灰色的涅多蒂科姆卡
用狡黠的微笑折磨我，
用飘忽不定的蹲跳折磨我，——
神秘的朋友啊，快救救我！

灰色的涅多蒂科姆卡——
你得用魔法把它驱逐，
或者用力把它打死，
或者用咒语把它降服。

灰色的涅多蒂科姆卡

---

① 涅多蒂科姆卡（недотыкомка），现代俄语里并无此词，只在个别方言中
　 使用，本意为小气、经不起说笑的人。索洛古勃创造的这个形象显然不
　 限于此意，而是有着更复杂的象征内涵。这个形象在索洛古勃的长篇小
　 说《卑鄙的魔鬼》中出现过。
② 俄罗斯民间故事里的恶灵。

恶毒啊，我宁愿同归于尽，
免得它在烦闷的葬礼上
对着我的尸骨出言不逊。

1899

我俯伏在大地上谛听

我俯伏在大地上谛听，
想听到得得的马蹄声，
可是只有哀怨和低语，
沿着大地传入我耳中。

不算响亮，也不算安静，
是谁在低语？说啥事情？
是谁躺在我的肩膀下面
使我的耳朵不得安宁？

是水滴落在了泥土上？
是青草生长、蚯蚓爬行？
土地干燥，青草沉寂，
四周的山谷一片幽静。

那低语可是在预言什么？
忧伤的低语和怨愤
可是在呼唤我，引导我
奔向那永恒的安宁？

1900

自由的风早已吹过

自由的风早已吹过
并消失在我的上方，
我的峡谷安静祥和，——
而敏感的指针
在高耸的骄傲的钟楼上
将纤细的针尖指向了
幻想的
遥远而又奇怪的领域。
锐利无比
绵长无比的
光线
融化在朦胧的缄默里。
雾升起在
泥泞的河岸上空。
疲惫的孩子们讨要着什么
并嘤嘤而泣。
时间到了，
该是我值最后一班岗。
令人惊奇的边地捉摸不透，跟从前一样。
还有我，跟从前一样，只有我。

1904

主的月亮高悬

主的月亮高悬，
我心如煎。
我身心俱疲，今天，
在悄然间。

没有一个女友
在我周围吠叫。
寂寞啊，可怕啊，
四周如此寂寥。

明亮的街头空无一人，
一片死气沉沉。
听不见脚步声和咯吱声，
听不见任何声音。

我惶恐地嗅着泥土气息，
等待灾难降临。
路上隐约可以闻到
某个人的足印。

匆忙的步履无论何处

都唤不醒任何人。
期待中的旅人将会是谁——
朋友抑或敌人？

在这冰冷的月光下
我形影相吊。
不，我受不了了，——我要
在窗下吠叫。

主的月亮高悬，
在天上高悬。
苦闷和惆怅今天
将我无情熬煎。

快醒来吧，打破
这无声的寂静。
朝着月亮吠吧，叫吧，
姐妹们啊，姐妹们！

1905

魔鬼的秋千

在浓郁的云杉树荫下，
在浪花欢腾的河畔，
魔鬼用一只毛茸茸的手
推着上下往来的秋千。

他一边推一边笑，
前一下，后一下，
前一下，后一下。
踏板弓着腰吱吱嘎嘎，
绷得紧紧的绳子
摩擦着沉重的树杈。

摇摇晃晃的踏板
吱吱嘎嘎地荡来荡去，
魔鬼哑着嗓子大笑，
把秋千牢牢抓在手里。

我坚持，强忍，晃悠，
前一下，后一下，
前一下，后一下。
我抓住，蹬踏，晃悠，

极力将自己的眼睛
从魔鬼身上移走。

在茂盛的云杉树上方，
蓝天哈哈大笑，说道：
"到底落到了秋千上，
荡吧，魔鬼与你同在。"

在茂盛的云杉树荫下
人群围拢过来，尖叫：
"到底落在了秋千上，
荡吧，魔鬼与你同在。"

我知道魔鬼不会罢手，
让踏板停止上下翻腾，
只要那只危险的手尚未
让我的身体失去平衡。

只要树杈还没有折断，
秋千还在来而复往，
只要我身下的大地
还没有与我迎面相撞。

我会飞得比树更高，
直到扑通一声额头撞在地上。

你就摇吧，魔鬼，摇吧，
任凭你越摇越高……哎哟！

1907

亚历山大·勃洛克

亚历山大·亚历山德罗维奇·勃洛克（Александр Александрович Блок, 1880—1921），俄国象征主义最杰出的代表，俄国诗歌史上继普希金之后的又一高峰，阿赫玛托娃称他为"二十世纪的里程碑"，马雅可夫斯基称他代表了"一整个诗歌时代"。

生于彼得堡，父亲是法学教授，外祖父是著名植物学家、彼得堡大学校长贝凯托夫。毕业于彼得堡大学文史系，1904 年发表第一本诗歌《美妇人集》，一举成名。勃洛克早期作品充满祷告的色彩和神秘的情调。诗人接受了弗拉基米尔·索洛维约夫关于"世界末日"和"宇宙灵魂"的学说，后者对勃洛克一生的创作产生了决定性的影响。勃洛克中期和晚期的创作有挣脱象征主义束缚的倾向，但依旧带有鲜明的象征主义印记。

勃洛克是个具有世界声誉的抒情大师，是苏联诗歌的奠基人之一。他为俄国乃至苏联诗歌做出的贡献是非同寻常的，他丰富的创作遗产是俄国诗歌的骄傲。

主要作品除生前出版的三卷本诗集外，还有长诗《十二个》和戏剧《陌生女郎》《玫瑰花与十字架》等。

入夜，当惶恐睡去

入夜，当惶恐睡去，
城市在幽暗中隐藏，
啊，天国有多美的音乐，
人间有怎样的声响！

生活的风暴算得了什么，
当你的玫瑰为我绽放和燃烧！
人的眼泪多么微不足道，
当绯红的晚霞在西天闪耀！

接受吧，宇宙的女主宰，
透过鲜血、透过苦难、透过灵棺
请从一个卑微奴隶的手中
接受这斟满最后激情的杯盏！

1898

加玛俑 ——先知鸟

根据瓦斯涅佐夫的画而作

在被晚霞染红的
平静无边的水上
她在预言和歌唱，
无力张开惶恐的翅膀……
她预言凶残的鞑靼人的压迫，
预言一桩桩血腥的暴行。
还有地震、饥荒和火灾，
以及恶魔的残忍，无辜者的牺牲……
她美丽的脸庞笼罩着恐惧，
却依旧闪现出爱恋之情；
尽管嘴唇血迹斑斑，
仍在诉说灾难就要降临！

1899

不要召唤也不要允诺

不要召唤也不要允诺
心灵会重获昔日的灵感。
我——是大地的独子，
你——是灿烂的梦幻。

轻柔的月光凝然不动，
夜色惨淡，大地空虚。
星空里是无言的静寂，
那是恐惧与沉默的幽居。

我认识你得胜的面孔，
我听得清你的呼召，
心灵懂得你的语言，
但你的召唤终究徒劳。

夜色惨淡，大地空虚，
不要期待昔日的魅力。
恐惧与沉默的幽居
深深映现在我的心底。

1900

秋季的一天就这样缓慢地过去了

秋季的一天就这样缓慢地过去了，
枯黄的落叶在空中轻轻飞旋。
天色如此明净，空气如此清新，
而灵魂却在不知不觉中悄悄腐烂。

就这样，她日复一日地变得苍老，
像枯黄的落叶一样飘舞，年复一年。
而在她的记忆和印象里，她总觉得
以往的秋天可不这么令人伤感。

1900

我预感到你的来临。岁月流逝匆匆

世俗生活意识的沉重梦想
你会抛弃，怀着爱恋与忧伤。
——弗拉基米尔·索洛维约夫

我预感到你的来临。岁月流逝匆匆——
你面容如初，我预感到你的来临。

整个地平线在燃烧——光芒耀眼，
我默默地等待——怀着忧伤与爱恋。

整个地平线在燃烧，你即将来临，
但我感到惶恐——你会改变面容。

你会招来粗暴的怀疑，假如最终
你改变了早已为人熟知的面容。

啊，我会倒下——既卑微，又惆怅，
终于没能战胜那些致命的幻想！

地平线多么明亮！日出已经临近。
但我感到惶恐——你会改变面容。

1901

向晚的白昼火光将息

向晚的白昼火光将息，
渐渐退却到夜的边地。
我的一个秘密将我造访，
它越来越强壮，挥之不去。

莫非就连那个狂热的意念，
那没有尽头的尘世的波澜，
因为迷失于此地的喧嚣，
便不能将生命汲取得完全？

莫非那些没完没了的悲伤
还有爱情的梦想就这样
带着尘世未解的秘密
遁入了冰冷的天外之壤？

白昼的痛苦就要消除，
我的种种压抑即将消亡，
唯愿你，如孤独的影子，
在日落时分将我造访。

1901

别对我甜美、温柔地歌唱

别对我甜美、温柔地歌唱：
我早已失去与尘世的联系。
心灵的海洋——浩渺无边，
歌声会消亡，湮没于天际。

没有曲调，歌词仍了然于心。
唯有真实能让你在心头如花开绽。
而靡靡歌音——令人生厌和狂躁——
自身内隐藏着一个看不见的谎言。

我少年的热情被你肆意嘲弄，
我已将它抛弃——迷雾已成过往。
拥抱那些萦绕着我的梦幻吧，
你自己要明白，前路将会怎样。

1901

致谢·索洛维约夫

白日歪邪的影子在奔跑。
钟声明朗而悠扬。
教堂的台阶映着霞光，
上面的石块活着，——等待你脚步声响。

你从这里走过，踏动冰冷的石块，
它裹着可怕的世代神圣的衣裳。
也许，你还会碰落春天的花朵，
在这里，在黑暗中，在冷峻的圣像旁。

不可言喻的粉红色阴影在滋长，
钟声明朗而悠扬。
黑暗在古老的台阶上躺下……
而我被照亮，——我等待你脚步声响。

1902

晚了。苦涩的智慧

晚了。苦涩的智慧
敲击着关闭的窗棂。
那被遗忘的欢欣雀跃
已经飞越了极顶。

晚了。你无法把我欺骗。
尽情笑吧，明亮的阴影！
你会厌倦在天上沐浴——
白昼终将让位于黄昏。

让位于折煞人的寂寞——
你的光彩将黯然失色……
我目光短浅的智慧啊！
我昏暗蒙昧的岁月！

1902

白昼将至，似快乐的一瞬

白昼将至，似快乐的一瞬。
我们将忘记所有的名字。
你自己会来到我的居室，
并把我从睡梦中唤醒。

凭着瑟瑟发抖的面孔
你将揣摩出我内心所想。
但过去的一切将成为谎言，
天边微微露出你的光芒。

尽管你会面带无声的微笑，
在我的额头上解读出
那种不忠诚和不牢靠的爱，
那种在尘世绽放的爱。

但那时——我会郑重其事
和毫不犹豫地予以接受。
我会将杯中酒一饮而尽，
一旦我领悟了你的白昼。

1902

我寻找那些怪人和新人

我寻找那些怪人和新人，
在历经考验的旧书里面。
我梦见那些消失的白鸟儿，
我感觉到一个断裂的瞬间。

喧闹的生活令我心绪难平，
絮语、叫喊令我感到羞惭，
我被白色的理想禁锢在
后来时光的海岸，无法动弹。

洁白的你，在深处从容淡定，
而在生活中——你易怒而严厉。
你秘密地惶恐，秘密地被爱，
啊圣女，啊朝霞，啊燃烧的荆棘①。

金发少女的容颜终会黯淡，
朝霞不会恒久，仿佛梦幻。

---

① "燃烧的荆棘"，见《圣经·旧约·出埃及记》：一日，摩西在何烈山牧
　羊，忽见一丛荆棘燃烧，却未烧毁，耶和华在荆棘的火焰中向摩西显现，
　命摩西带领以色列人走出埃及。

烧不烂的荆棘会用白色火焰
给平和、智慧的人们戴上冠冕。

1902

我醒来了，——田野里烟雾茫茫

我醒来了，——田野里烟雾茫茫，
但我站在阁楼上指点太阳。
我的苏醒并不令人愉快，
就像我殷勤侍奉的姑娘。

每当我走在黄昏的路上，
小窗里便燃起红色的火光，
玫瑰般的姑娘伫立在门槛，
对我说，我高大又漂亮。

这就是我的全部故事。
善良的人们啊，我别无他想。
我从未幻想过发生奇迹，
你们该满足，并把它遗忘。

1903

乌云里的声音

大海把我们抛进一片荒野，
抛进破茅屋，去做短暂的梦。
而风越刮越紧，海上一片喧啸；
眼望大海深处，令人胆战心惊。

我们这些染病和疲惫的人
曾羡慕和憧憬海上的电闪雷鸣，
然而黑夜荡妇一样厚颜无耻地
盯着我们忧伤的脸、疲惫的眼睛。

我们眯缝起双眼，同狂风抗衡，
在茫茫黑暗中吃力地摸索路径……
听，犹如正在来临的风暴的使者，
预言家响亮的声音震撼着人群。

仿佛石崖上转瞬即逝的闪电，
一个庄严的侧影在我们眼前闪过。
在亮闪闪的惊恐的云隙之间
大雷雨高声唱起欢乐的歌：

"忧伤的人们，疲惫不堪的人们，

奋起吧，去摸索，欢乐将到来！
去到那大海歌唱奇迹的地方，
去寻找照耀着灯塔的所在！

灯塔在探求和寻觅快乐的发现，
用明亮的光监视暗礁和险滩。
它们时时刻刻都在焦急地等待
来自遥远国度的巨大的轮船。

你们看，一束束的光线在扩大，
大海在狂欢，浪花在奔腾；
你们听，黑夜和风暴过后传来
那悠扬而又高亢的汽笛声声！"

果然，乌云的衣裳被撕得粉碎。
一只手把雷声吼叫的远方遮隐……
于是我们心中又升起新的希望，
我们深知：意外的喜悦就要降临。

而那边——地平线上火光冲天，
好像远方的城市在熊熊燃烧。
整整一夜，我们的船队向港口飞驶，
犹如红雀不断地呻吟、喊叫。

大海在轰鸣，掀起波涛的碎片，

猛烈地拍打着灯塔的躯干。
船上的汽笛发出悠长的祈祷：
在那里，风暴席卷了渔船。

1904

生活的帆船搁浅在

生活的帆船搁浅在
巨大的浅滩。
远远便可听见船工们
高声的叫喊。
歌声和惶恐
在空荡荡的河面漫延。
忽然来了个强者，
穿身灰呢罩衫。
他摇动舵柄，
放下风帆，
把锚抛到远处，
用胸脯撑开小船。
于是红色的船尾
开始轻轻地调转，
五颜六色的楼房
随即被抛得远远。
只剩下我和你。真的，
带我们同行，他们不愿。

1904

我的爱人，我的大公，我的新郎

我的爱人，我的大公，我的新郎，
你在开花的草地上，那么伤感。
在彼岸，在金色的田埂中间，
我似一棵无根草开始爬蔓。

我似憔悴、洁白、清纯的花朵
如饥似渴地把你的梦捕捉。
你似一匹疲惫不堪的白胸骏马，
围绕着蓓蕾初开的我。

啊，任你粗暴践踏我的永生，——
我会为你保存一团火焰。
我会在天光微明的晨祷时刻
羞怯地将教堂的蜡烛点燃。

你站在教堂里，面色苍白，
你会前来将天国的女王朝拜，——
我会像一团烛火为你指引，
让熟悉的战栗重新向你袭来。

在你的上方，我像蜡烛寂静无声，

在你的前方，我像花朵柔情缱绻。
我等待着你啊，我的新郎，
我始终是你的新娘和妻子——永远。

1904

不要在河流转弯处建造房屋

致格·丘尔科夫

不要在河流转弯处建造房屋，
那里生活的喧闹与日俱增，
要相信，结局总是一个声音，
谁都不懂，却又极其普通。

你的命运安静，像黄昏的故事，
你要以你孤独的灵魂对它俯首称臣。
你自管默默走路，随便去哪一场晚祷，
灵魂要求在哪儿，就在哪儿祈祷神明。

谁来找你，就让他天使般高尚，
你要简单相待，就像是梦中所见，
你要始终沉默不语，不要让人发现
是谁坐在长凳上，谁在窗前一闪。

这样就不会有人知道，为何而缄默，
平静的思想为何总是那么单纯。
是的。她会来的。晨曦会出现。
她会将纯洁的双唇贴紧你的双唇。

1905

秋 意

我出门上了一条开阔的路。
但见灌木丛在随风起伏，
山坡上铺满碎石和沙砾，
田间是翻耕过的贫瘠的黄土。

秋天在湿漉漉的山谷闲散，
给大地的墓地脱去衣衫。
但稠密的红浆果依然可见，
在途经的村庄遥遥地招展。

看啊，我的欢乐手舞足蹈，
它叮叮当当，没入灌木丛。
你在远方，在远方召唤我，
把你绣花的彩袖频频挥动。

是谁诱导我踏上这条熟悉的路，
又微微一笑——冲我，冲牢狱的窗户？
或许——是那位唱赞美诗的乞丐，
他向往着一条石板铺就的路？

不，我独自前行，不受他人左右，

在大地上行走将轻松而惬意。
我将倾听沉醉的罗斯的声音，
在酒馆的屋檐下停留、休憩。

或许我将歌唱自己的成功，
一如在狂饮中把青春断送。
或许为你田埂的忧伤而流泪，
你的辽阔我将热爱终生。

我们很多——自由、年轻、英俊，
未曾爱过，就黯然死去。
收留我吧，在天涯海角，
没有你怎能生活和哭泣！

1905

一个少女在教堂的唱诗班里

一个少女在教堂的唱诗班里
歌唱那些驶上大海的轮船，
歌唱那些忘记了自己的欢乐
和在异乡筋疲力尽的海员。

她这样唱着，歌声冲出尖顶，
阳光在她白皙的肩头闪动。
每个人都在暗处张望和倾听
阳光下那洁白衣裙的歌声。

人人都觉得，欢乐即将来临，
那些在异乡筋疲力尽的人
和那些平静的港湾里的轮船
在骤然间获得了新的生命。

歌声如此甜蜜，阳光如此纤柔，
只有在高高的天国的门边，
仿佛是有意要揭开这个秘密，
一个孩子哭道：没人能够生还。

1905

陌生女郎

每到夜晚，餐馆上空
热气弥漫，更觉荒蛮。
春天腐烂恶浊的气息
发出阵阵醉意的叫喊。

在尘土飞扬的小巷深处，
高过寂寞的郊外别墅，
依稀可见面包店的招牌，
隐隐传来孩子的啼哭。

每天晚上，在路栅那边，
在恶浊的排水沟之间，
油腔滑调的浪荡鬼们
歪戴着帽子跟女人纠缠。

湖面上响起女人的尖叫，
还有吱吱哑哑的桨声，
看惯了这一切的满月
没精打采地悬在当空。

每天晚上我的杯中都会

映出唯一朋友的身影，
像我一样，神秘的苦酒
把他折磨得萎靡不振。

而邻桌旁边有几个侍者
直勾勾地站着，睡眼惺忪。
生着兔子眼睛的醉鬼们
高声叫嚷："真理在酒中。"

每天晚上，在约定的时间，
（也许我不过是在做梦？）
朦胧的窗外都会闪过
一个裹着丝衣的少女腰身。

她在那些醉鬼间从容走过，
总是无需陪伴，独来独往。
她香气袭人，云雾缭绕，
悄然落座在靠窗的地方。

她身上那富于弹性的丝衣
散发着古老的传说和秘密，
她纤细的手指上戴着指环，
宽檐帽子上嵌着吊丧的鸟羽。

被一种奇怪的亲切感左右，

我不由得把她仔细端详。
于是，透过黑面纱我看见了
迷人的彼岸，迷人的远方。

我得到一个深奥的秘密，
还把某个人的太阳拥有，
我灵魂的每一次微动
都浸透了辛酸的浓酒。

那片低垂着的鸵鸟羽毛
始终在我的脑海里摇晃，
那一双深邃的蓝色眼睛
分明在遥远的彼岸闪亮。

我灵魂深处有一个宝藏，
拥有钥匙者唯我一人！
你是对的，酩酊怪物！
我知道：真理在酒中。

1906

在沙发上

然而炉中的煤
　　在噼啪作响。

窗外簇簇的火焰
　　在闪闪发光。

风暴席卷的海面
　　轮船在下沉。

南方海洋的上方
　　大雁在悲鸣。

相信我吧，这个世界
　　再没有太阳照临！

只信我吧，夜晚的心，
　　我——是个诗人。

我可以给你讲述
　　你想听的故事。

我能够给你带来
　　你想要的面具。

任何阴影都能够
　　在火焰中穿过。

映在墙壁上的是
　　奇异幻影的轮廓。

人人都会为你跪倒，
　　对你顶礼膜拜……

人人都会把手中
　　蓝色的花朵丢开……

　　　　　　1907

俄罗斯

又一次，如在黄金岁月，
三副松动的马套已经残破，
一对漆着彩绘的轮毂
陷进松软难行的车辙……

俄罗斯啊，贫困的俄罗斯，
在我心中，你灰色的小屋，
你风儿的高歌与低唱
仿佛初恋的第一缕泪珠！

我没有学会把你怜悯，
只会小心地背负着十字架，
任由你把自己的强盗之美
奉献给随便哪位魔法家！

任他把你诱惑和欺骗吧——
你不会失败，不会沉沦，
只有忧患才能够给你
美丽的脸颊覆上愁云。

那又怎样？你的忧患再多，

你河水般的泪水流得再频——
你依旧是你，森林和田野
还有你那块齐眉的围巾……

不可能的也会化为可能，
旅途漫长却并不难行，
当你稍纵即逝的目光透过围巾
在远方的路上一闪而逝，
当马车夫用沙哑的嗓音
唱起那牢狱的苦闷！

1908

当您迎面拦住我

当您迎面拦住我，
您是如此活泼，如此漂亮，
但又如此痛苦不堪。
您总是讲述自己的伤心，
思考死亡，
谁也不爱，
并且鄙视自己的美丽——
怎么，难道我在委屈您？

啊不！须知我不是暴徒，
也不是骗子手和狂妄之士。
尽管我懂得很多，
从童年就耽于思考，
也太多地关心自己。
须知我——是个文人，
我称呼一切都按名称，
我从鲜花上采集芳芬。

无论您讲述多少伤心事，
无论您思考过多少开端和结局，
我仍旧敢断言：

您只有十五岁。
因此我希望您能
爱上一个普普通通的人，
一个热爱大地和天空胜过
关于大地和天空的诗文的人。

真的，我将为您感到高兴，
因为——只有深深地爱着
才有权利被称为人。

1908

她从严寒中来

她从严寒中来，
脸颊冻得通红。
她把空气和香水的芬芳
还有银铃般的声音
洒满了房间，
并且目中无人地
聊起天来。

她把一本厚厚的文学杂志
迅速地放在地板上，
于是顷刻间
我的本来很大的屋子
显得地方很小。
这一切让人有点儿难堪，
而且很荒唐。
其实，她是想让我
给她朗诵《麦克白》。

刚读到"大地的气泡"——
那每当谈起便让我激动不已的诗行，
我就发现，她也很激动，

并且聚精会神地望着窗外。

原来，一只大花猫
吃力地在房檐上爬着，
偷看两只正在接吻的鸽子。

我生起气来。最让我恼火的是
接吻的不是我们，而是鸽子，
以及
保罗和弗兰切斯卡的时光已经逝去。

1908

地狱之歌①

白昼在那片土地上消隐，
我在那儿寻找更短的白昼和捷径。
紫色的黄昏在那里降临。

我不在那里。仿佛沿着崖壁溜滑的台阶，
我沿一条夜间的地道快步滑下。
熟悉的地狱凝视着我空虚的双眼。

我在尘世被丢进一场炫目的舞会，
在那些面具和脸谱的狂舞中
我失去了友谊，忘却了爱情。

我的旅伴何在？——你在哪里啊，贝阿特里齐？——
我，迷失了正确的路途，
任习惯驱使，在层层地狱中踽踽独行，

淹没在重重恐惧和黑暗中间。

---

① 关于本诗的题旨，勃洛克是这样解释的："《地狱之歌》是用'inferno'
风格（也就是《神曲》第一部的'地狱'风格）反映当代的'地狱性'
（陀思妥耶夫斯基的术语）、'吸血鬼特征'的一个尝试。"

激流冲走了朋友们和妇女们的尸身，
祈求的目光或胸脯在某处一闪而过；

宽恕的吼叫，或轻柔的呐喊——吝啬地
从唇齿间脱落；词语在这里死去；
一种钻心疼痛的铁环在这里

愚蠢而又毫无意义地将脑袋裹紧；
曾几何时，歌声妩媚的我
成了被褫夺了权利的受歧视者！

所有的人都向那无望的深渊奔去，
我也尾随其后。然而我见到的是
一个没有尽头的大厅，在峭壁之间，

在一道激流泛起的雪沫之上。
茂密的仙人掌和芬芳的玫瑰花，
黑暗的碎片在镜子深处映现；

一个个遥远的早晨依稀闪烁，
给推倒的偶像镀上一层金色；
沉闷的呼吸令人透不过气。

这大厅令我想起可怕的世界，
我像荒诞不经的童话中的盲人

误打误撞，出现在最后的宴会上。

在那里——一张张假面具被丢下，
在那里——一个被老男人诱惑的妇人，
无耻的上流社会目击了他们龌龊的亲热……

然而，在早晨寒冷的亲吻下
窗套泛起了红晕，
就连寂静也奇怪地透出一片绯红。

此刻我们是在极乐的国度里过夜，
唯有此地我们尘世的欺骗鞭长莫及。
我被一种预感搅得心绪不宁，

于是透过晨雾注视着镜子深处。
一个青年，从黑暗的罗网中
朝我迎面走来。他腰身紧束，

燕尾服的衣襟上一朵枯萎的玫瑰
比死者脸上的嘴唇更加苍白；
手指上——秘密婚姻的标记——

戒指上的尖形紫晶熠熠生辉；
怀着一种莫名其妙的紧张感
我凝望着他暗淡无光的面孔，

并用依稀可辨的声音问道：
"告诉我，你应该为何而烦恼，
为何在有去无回的地狱漂泊？"

清秀的面孔开始变得惶惑，
烧焦的嘴唇拼命吞咽着空气，
一个声音从虚空中说道：

"请听仔细：我忠诚于无情的苦难，
就因为在灾难深重的尘世
我曾饱受苦涩欲望的折磨。

我们的城市刚一藏进夜幕，——
为潮水般疯狂的歌吟苦恼不已，
我便额头上带着犯罪的印记，

仿佛一个受尽欺凌的风尘女子，
试图在一醉方休中麻痹自己……
这时，惩罚的钟声愤怒地敲响了：

在我面前———一位神奇的妇人
从一个看不见的梦的深处，
从浪花中浮出，光芒四射！

在高脚杯傍晚清脆的叮当声中，

在醉人的雾中，与这位独一无二
且鄙视柔情的女子瞬间相逢之后，

我终于体会到了初次的狂喜！
我的目光深陷于她的双眸！
我第一次发出热情的呐喊！

这一瞬的到来，快得出人意外。
黑暗无声。长夜迷蒙。
天上奇怪地升起了流星。

这紫晶突然间整个在滴血。
我从芬芳的肩膀之中饮血，
这浆液令人窒息有如树脂……

可是啊，莫要指责这怪诞的故事，
关于一个悠长的、匪夷所思的梦……
从夜的深渊和雾的深渊里

分明传来了一个阴间的声音：
一条火舌呼啸而起，在我们上方，
要焚尽那些无用的断裂的时间！

而戴着无穷锁链的我们
将被一场风暴卷进地下的世界！

被无声的梦牢牢禁锢的她

将得以感受痛苦并记住这盛宴，
当一个郁郁寡欢的吸血鬼如同黑夜
抓住她天鹅绒般丝滑的肩膀！

但我的命运——可否不用可怕来形容？
冰冷的、病恹恹的黎明，它冷漠的光芒
刚把地狱微微照亮，

深受一种无端欲念折磨的我
便奔走于一个个大厅，去履行一份约言，——
如此，请同情和记住吧，我的诗人：

我注定要在那遥远和阴暗的卧室，
在她安睡和热烈呼吸的地方，
怀着爱意和哀伤向她俯下身去，

用我的宝石戒指刺进她的肩膀！"

1909 年 10 月 31 日

这一切都过去了，过去了

这一切都过去了，过去了，
时间的循环已经完成。
怎样的谎言，怎样的伟力，
往事啊，才能把你回送？

在莫斯科克里姆林宫墙下，
在水晶般透明的清晨，
我的大地能否为我送还
我心灵的最初一次兴奋？

或在复活节之夜的涅瓦河上，
在冷风和严寒里，当河水封冻，
会有个乞讨的老妪用拐杖
把我平静的尸体拨动？

或在爱的林中草地，
伴着秋天的飒飒声息，
会有一只小小的苍鹰
在雨雾中撕啄我的躯体？

或在不见星光的痛苦时刻，

在随便怎样的四壁之内，
出于一种不可或缺的需要
我躺在洁白的床单上安睡？

在与从前迥异的新生活中
我将忘记往日的梦想，
但我可会同样记住督治
就像记着卡里塔一样？

然而我坚信：我如此热爱的一切
绝不会消逝得无影无踪——
这贫困生活的全部颤音，
这不可思议的一腔热情！

1909

黑夜，街道，路灯，药房

黑夜，街道，路灯，药房。
毫无意义的昏暗的灯光。
哪怕再活四分之一世纪，
一切仍将如此，没有终场。

死去——还要重新开始，
一切循环往复，保持原样。
黑夜，运河上冻结的波纹，
街道，路灯，药房。

1912

世界在奔驰，岁月在奔驰。空虚的

世界在奔驰，岁月在奔驰。空虚的
宇宙注视着我们，用暗淡的眼光。
而你，疲惫而又冷漠的灵魂，
曾经几度把幸福的存在幻想？

什么是幸福？是密林深处
和昏暗公园里的夜晚的清凉
还是好酒贪杯的不良嗜好、
灵魂的堕落、放纵的欲望？

什么是幸福？是短暂的一瞬？
是遗忘、睡梦和逃避烦恼的休养？
当你醒来，你会重新陷入疯狂
而又莫名其妙的紧张的奔忙。

喘口气，抬眼四顾——危险过去了，
但就在这个瞬间又有新的碰撞。
无论你把陀螺投向什么地方，
它总是要嗡嗡作响，匆匆飞翔。

抓紧锋利而又溜滑的边缘，

永远地听着那嗡嗡的声响，
我们是否在令人眼花缭乱的
臆想的原因和时空交替中疯狂？

何时是完结？没有片刻休息，
也就无力体会那恼人的喧嚷。
一切是如此可怕！如此疯狂！——啊朋友，
把你的手给我，让我们醉死梦乡！

1912

是的，灵感这样吩咐我

是的，灵感这样吩咐我：
我的自由驰骋的幻想
始终迷恋着那里，那充满
凌辱和污秽、黑暗与贫困的地方。
我热爱这个可怕的世界，
在它后面我看到另外
一个美妙而欢乐、
像人一样纯朴的所在。
既然你是个"如此纯朴的人"，
假如你不播种也不收获，
那你又知道什么？
在这疯狂的时代
你又敢抨击什么？
你是否曾经
被饥饿、病痛和贫困欺凌？
你在巴黎可见过孩子
或在隆冬的桥上见过穷人？
快睁大眼睛、睁大眼睛
看一看这生活的无边恐怖吧！
趁着大雷雨尚未把一切荡去，
在你故乡的国度。

但愿你狂傲的愤怒击倒的不是
那些不堪生活重负的人们。
另一个人播下了罪恶的种子，
但播种之后不会没有收成；
他至少有一点无可非议：
他撕下了生活肥厚的胭脂，
他像胆小的田鼠一样避开光明，
躲进地底，销声匿迹，
他一生都在切齿痛恨，
诅咒着光明的到来，
既然看不见来日
就说：今天也不存在。

1911，1914①

---

① 1911 年为写作完成时间，1914 年为修改定稿时间。

啊，我渴望疯狂的人生

啊，我渴望疯狂的人生：
把非人的一切注入人性，
把未实现的一切化为真实，
把现存的一切化为永恒。

任凭生活的噩梦将我窒息，
任凭我在这梦中气喘吁吁——
也许，会有一个快活青年
在不远的将来讲我的故事：

"我们原谅他的忧郁——
难道这就是他隐秘的动力？
他整个乃是光与善的骄子，
他整个乃是自由的胜利。"

1914

西徐亚人①

> 泛蒙主义！听上去怪异，
> 在我却是个悦耳的字眼。
> ——弗·索洛维约夫

你们——成千上万，我们——浩荡无边，
　　试一试，同我们拼杀对阵吧！
是的，我们是西徐亚人！是的，我们是亚细亚人！
　　生就一双乜斜和贪婪的眼睛！

你们历史悠久，我们只有短暂的一瞬。
　　我们手中擎着护身之盾，
在两个彼此敌对的种族——蒙古与欧洲之间，
　　有如奴隶一般百依百顺！

千百年来，你们古老锻铁炉的噪声
　　淹没了多少雷鸣和雪崩，

---

① 又译斯基泰人、西古提人、塞西亚人，公元前八至三世纪生活在中亚和
南俄草原上的游牧民族，公元前五至前四世纪形成王国，善征伐，一度
垄断黑海至希腊的奴隶贸易。

里斯本和墨西拿①的毁灭对你们

　　好像童话一般荒诞不经！

数百年来，你们窥视着东方，

　　积累和偷运我们的财宝金银，

你们一边嘲笑，一边调准炮口，

　　只等时机成熟，一举消灭我们！

看啊，时辰到了。灾祸横飞，

　　欺压和凌辱与日俱增，

或许，总有一天，你们的帕埃斯图姆②

　　也将在一夜之间荡然无存！

啊，旧世界！趁你尚未毁灭，

　　趁你还在把甜蜜的痛苦体验，

像聪明的俄狄浦斯一样停下脚步吧，

　　在古老的司芬克斯之谜面前！

俄罗斯是司芬克斯。她流着黑血，

　　既欢乐，又惆怅，

她满怀着爱，也满怀着恨，时刻

---

① 意大利西西里岛上第三大城市，历史上多次毁于地震，以 1908 年地震伤
　　亡最为惨烈。

② 古希腊在南意大利的殖民地，九世纪毁于萨拉森人（即阿拉伯人）之手。

把你凝望，凝望！

是的，我们当中早已没有人
　　这样去爱，用我们全身的热血！
你们忘了，世界上有这样的爱，
它能使人燃烧，也能把人毁灭！

我们喜欢一切——无论天国幻象的馈赠，
　　还是冷冰冰的数字的酷热，
我们理解一切——无论高卢人机智的理性，
　　还是德国天才的艰深晦涩……

我们牢记一切——巴黎街道的地狱，
　　水上威尼斯宜人的清爽，
柠檬树林飘来的遥远的清香，
　　和科隆浓烟滚滚的巨大工厂……

我们热爱肉体——它的滋味和颜色，
　　它的腐臭难闻的气味……
我们是否有罪，当我们沉重而善良的脚
　　把你们的骨骸踏得粉碎？

我们习惯了，在扯起缰绳时，
　　狠狠地抽打烈马的背部，
我们习惯了像驯马那样

驯服桀骜不驯的女奴……

到这里来吧，远离战争的恐怖
　　投入到我们和平的怀抱中！
趁为时不晚，把刀剑放回鞘里，
　　伙伴们，让我们成为弟兄！

假如不然——我们不会有什么损失，
　　我们也懂得怎样背信弃义！
世世代代——病态的未来子孙
　　将无情地把你们诅咒、唾弃！

从深山到密林，面对美丽的欧洲，
　　我们摆开庞大的阵容，
我们坚定而从容地朝你们转过
　　我们亚细亚人的面孔！

所有的人，去吧，去乌拉尔！
　　我们要辟出一个战斗的场所，
散发着积分气息的钢铁战车
将迎击蒙古大军的铁马金戈！

但我们自己从此不再参加角逐，
　　我们也不再是护卫你们的盾。
我们要睁大细小的眼睛观看

殊死的搏斗将如何难解难分。

我们纹丝不动，当剽悍的匈奴人
　　在死尸的身上搜索银钱，
放火烧毁城市，把马群赶进教堂，
　　还把白人兄弟的肉体烹煎！……

最后一次——觉醒吧，旧世界！
　　最后一次，野蛮的竖琴在呼吁，
呼吁人们在兄弟们的宴席上欢聚，
　　把和平与劳动的酒杯高高举起！

1918

安德列·别雷

安德列·别雷（Андрей Белый，1880—1934），是二十世纪初俄国的杰出诗人，是新一代象征主义的代表之一，他同亚历山大·勃洛克和谢尔盖·索洛维约夫被称为二十世纪初俄国象征主义的"三套马车"。

安德烈·别雷系鲍里斯·尼古拉耶维奇·布加耶夫的笔名。生于莫斯科一个数学家兼大学教授的家庭里，毕业于莫斯科大学数学系。1902 年出版处女作《戏剧交响乐》，1904 年出版诗集《蓝天里的金子》，这时，他已经以一个相当成熟和具有独特风格的诗人姿态登上诗坛。1909 年出版优秀诗集《灰烬》。在这个集子里，作者表现了 1905 年革命引起的反响，塑造了一个当时的乡村俄罗斯的悲剧形象，给富人政权和统治阶层描绘了一幅幅生活的讽刺画。

别雷的诗给当时的诗坛带来一股清新气息：他赋予词和行以节奏重音，诗歌节奏富于跳跃性和变化，抒情和讽刺交相映衬。他还富有独创性地将风景描绘与哲学思考、日常生活与男女私情有机地融合在一起。

别雷堪称象征主义的理论家，著有多种有关创作技巧的理论专著，如《象征主义》《绿草地》《果戈理的技巧》等，具有相当的影响。

别雷还是个优秀的小说家，他在小说创作方面的成就不亚于诗歌方面，他的长篇小说《银鸽》《彼得堡》等，在文学史上占有重要地位。

别雷在三十年代撰写了著名的回忆录《在两个世纪的交接点》《世纪初期》和《两次革命之间》，这是极其珍贵的历史文献，是二十世纪初俄国文学研究方面的重要参考资料。

别雷的诗歌，以其形式上的创新在俄国诗歌史上占有重要的一页。他的创作技巧对早期的马雅可夫斯基和叶赛宁等诗人有着深刻的影响。

金羊毛

致梅特纳

1

明亮的天空兴奋地燃烧，
金光闪烁。
而在大海的上方
滑动的太阳的盾牌正在坠落。

太阳伸出的条条长舌
在海面上抖动。
到处是金币的反光，
在苦闷的拍溅声中。

悬崖的乳峰高高耸起，
在颤抖的太阳的织锦中间。
太阳落下了。信天翁的叫喊
充满了哭诉和哀怨：

"太阳之子啊，又是无情的寒冷！
它落下了——
金色的古老的幸福——
金羊毛！"

白昼的明灯熄了。
没了金币的光芒。
可即便这样，还是到处
都有耀眼的红色火光。

1903

2

大火笼罩了天边……
听，阿耳戈勇士向我们吹响了
出发的号角……
听从吧，听从这声音……
苦难已经受够！
快用太阳的织锦
做一套铠甲！

一位老阿耳戈勇士
呼唤大家跟他而去，
他用金色的
号角
呼唤：
"我们热爱自由，
我们奔向蓝色的

太空，
去寻找太阳，寻找太阳！……"

老阿耳戈勇士朝金光闪耀的世界
吹着号角，
呼吁人们前往太阳的盛宴。

整个天空犹如红宝石。
太阳的圆球在安睡。
整个天空犹如红宝石，
在我们的头顶。
在山巅之上，
我们的阿耳戈
我们的阿耳戈
拍动金色的翅膀，
准备起飞。

大地在退却……
世界的
美酒
又一次
燃起
熊熊大火：
那是金羊毛
喷溅着火星

缓缓升起，
如一只火球
光芒四射。

我们的会飞的阿耳戈
身披耀眼的光芒，
奔驰着，
追赶着
被火炬重新点燃的
白昼的恒星。

又在追赶
自己的
金羊毛……

1903

巫 师

致勃留索夫

我站立在呼啸的时间洪流中，
它不安分地把我黑色的披风掀起。
我呼唤人们，我寻觅先知，
为天上的秘密奔走呼告的先知。

我快步前行。
看啊——悬崖绝壁，您屹立其上，
一位顽强的巫师，戴着星星的冠冕，
面带先知先觉的微笑，凝视前方。

连绵世纪的脚下没有节奏的轰响
翻滚着，反抗着，在永恒的梦乡。
您的声音——老鹰的啼鸣——
在寒冷的天空越来越响亮。

戴着火的冠冕升腾于
寂寞王国的上方，时间的上方——
凝然不动的巫师啊，过早到来的
春天的先知，双手抱着臂膀。

1903

被遗忘的家园

被遗忘的家园。
灌木多刺，然而少见。
我为往事悲哀：
"你们在哪儿啊，亲爱的祖先？"

石缝里径直长出的苔藓
好像一堆水螅虫。
千疮百孔的椴树
在宅院旁边起哄。

一片片落叶伤心地
追忆昨日的风雅，
抖索在毁弃的塔楼
暗淡凄凉的窗下。

刻着贵族姓氏的族徽
已经被剥去了外壳，
在一簇温柔的白色百合中间
仿佛一片残月滚落。

往事如烟，

而且令人伤感。
寒鸦把嘶哑的嘲笑
丢在我的痛苦上面。

看一眼窗内——
一只画着中国人的瓷表，
一块画着黑兔子的画布
悬挂在墙角。

古旧的家具上落满灰尘，
枝形吊灯裹着外套，那窗帘……
你将远离，而在远处——
是无边无际的平原。

无边无际的平原上
金色的麦垛连绵不断。
还有天空……
我形只影单。

沉浸于往日的生活，
你怀着忧愁细心琢磨：
风儿如何跟落叶低语，
如何把脱落的护窗撕扯。

1903

在街上

我撑开雨伞，奔跑着
穿过旋风卷起的团团尘土。
工厂的那些高大烟囱
朝火红的地平线喷吐烟雾。

我把我的歌吟献给了你——
汽车马达震耳欲聋的轰鸣，
化铁炉烧得通红的炉口！
全给了你，如今我孑然一身。

四轮马车刺耳的狂笑声
在冻僵的马路上震荡。
我赶紧抓住一旁的铁栅栏，
刚抓住——便感觉到沮丧。

旋风缠绕出连绵的雨线，
在紧锁着眉头的天空，
枫树仿佛一根根细铁杆，
用殷红的落叶抽打行人。

它们弯下腰，东摇西摆，

遮蔽了城郊的哀求、啼哭，
被污染的冷冰冰的尘土
耸立起一根根干燥的圆柱。

1904

在路轨上

致库伯利茨卡娅-皮奥图赫

黑夜俯下自己的胸脯
抱住光秃秃的灌木家族。
电线杆联结成的网上
笼罩了一层黑夜的帷幕。

在被冲毁的辙沟里
冰凉的水洼已经结冰，
十月的寒冷不停地
把我冻僵的手指亲吻。

依恋、青春、友情
像梦一样飞逝、飘零。
我孤苦伶仃……多年公务
沉重地压抑我的心灵。

莫非要在泪水和抱怨中
度过我毫无意义的一生？
我横卧在铁道的路轨上，
屏息隐身——默不作声。

我眯缝起眼睛，但泪水——

泪水浸湿了我的视线。
我看见信号旗像根绿针
刺破了那漆黑的空间。

依稀可见的灯光一闪。
火车拉响长长的汽笛。
枯萎的白桦树丛上空
翻卷的烟雾团团升起。

1904

流亡者

我害怕喧闹与噪音，
离开了黑暗笼罩的城市。
而那些恶毒的嘲笑
依旧远远地回旋在耳际。

多少年我断定存在永恒，
你们却投掷石块把我攻击。
你们每当歇斯底里发作，
就从我的痛苦中汲取慰藉。

如今我要远远离开你们，
你们无法禁锢我的自由；
我这憔悴驼背的流亡者
要去那金色的田野漫游。

我在麦地、田间、沼泽、
在一望无际的原野上奔驰，
面对淡蓝色的矢车菊，
须发斑白的我扑倒在大地。

触摸我一下吧，温柔的花儿，

请为我洒下一颗晶莹的露滴。
我要让我这颗多苦多难的心——
狂暴不屈的心获得片刻休息。

玫瑰与珍珠般的田野
羞怯地映着朝霞，
微风懒洋洋地吹拂起
我的银白的头发。

1904

致一位亲近的女人

相恋的蜜蜂与花朵为我
讲述的不是童话，而是真实。

1

窗外一轮牛奶般的月亮。
散发着壁龛的影子的气息。
单调地，恒久地——
昏暗的寂静
在悄声细语。

金色的蜡烛
在无声的朦胧中青烟缭绕。
公主无法入眠：
——公主
拿出
针线。

在遥远的树林里
死了许多许多人！
被厄运

打得头破血流的
骑士
在森林的荒野中没了音信……

猫头鹰在松林中哭泣
（她明白了不祥的讯息）——
猫头鹰
在松林中
哭泣：
"过去如此，现在如此，将来依旧如此！"

她站起来（绣花绷子抖了一下）——
数了数
奔走的
片片浮云——
她听到严酷的松林中
传来流浪者的呼唤。

看啊，光明迸发了，从窗内
照进星星闪烁的夜。
照进蓝色的
夜，——
短兵相接：太阳光焰升腾，
短兵相接：影子四处逃窜。

2

城堡
朝下垂直
一望，
号角从城堡中轰鸣：
早晨点燃了
森林的
冷峻的
峰巅。

骑士
在黎明的
影子中
奔驰——
这不是童话，而是真实。

胸口上，青铜膝盖上，
高低错落的
头盔上
落满了尘埃。

远方的朋友在等他，
钻石般

晶莹的

珠泪

从一双深邃的

蓝眼睛里

潸然流淌到

面颊上。

他找到你了，公主！

他听到了光明的消息！

那蓝天深处

在有节奏地

歌唱：

"过去如此，

现在如此，

将来依旧如此！"

1908

列车窗外即景

致艾利斯

列车在啜泣。蛛网般的电话线
伸向故国的远方。
挂着露水的原野一掠而过。
我一掠而过：奔向原野，——奔向死亡。

一掠而过：如此荒凉、寂寥……
一掠而过——这里、那里的人们，
一掠而过——一个又一个城镇，
一掠而过——一个又一个乡村；——

一家酒馆、一片墓地、一个
在双乳中间入睡的孩子：——
那里——一片简陋的农舍，
那里——一群贫苦的农民。

俄罗斯母亲啊！我的歌献给你，——
啊无言的、表情严峻的母亲！——
让我为你荒诞不经的生活大哭一场吧，
无声地、不为人知地大哭一场。

列车在啜泣。故国的远方。

蛛网般的电话线伸向天际——
那里——向着你冰封的天地，
携着秋天的风折木鸣响汽笛。

1908

绝 望

够了，莫再等待，莫再指望——
散开吧，我可怜的人民！
自甘堕落打家劫舍去吧，
这不堪忍受的年复一年！

无穷无尽的贫穷和不自由。
请允许我，啊祖国母亲，
向着你湿漉漉的荒凉原野，
向着你的田野痛哭失声：

为你那连绵起伏的平原而哭，
那里有一片郁郁青青的橡树
正为一片被拔掉的树林而焦急；——
为你那铅青色的云团而哭，

那里焦虑在田野上四处搜寻
如手臂干枯的灌木挺起身，
迎风展开褴褛般的枝叶
发出刺耳的噼啪之声；——

为你那些疯狂的酒馆而哭，

它们瞪着残忍发黄的眼睛，
耸立于连绵的山岗之上，
从夜幕中窥视着我的灵魂；——

为你而哭啊——死亡和疾病
那脱缰的野马肆虐之地，——
在天地间消失吧，消失吧，
俄罗斯，我的俄罗斯！

1908

夜与晨

致萨多夫斯科伊

百年瞬间而过，
瞬间坠入忘川。
迷惘的千载之渴念
幻化成一张星星的脸。

缄默无言的大地啊，
至今对我百依百顺的大地，——
从此我将欣然接受
旷野发出的呼吁。

被渴念握紧的嘴唇
炸开吧，神圣的语言，
你——是清晨之美，
你们——是金色的峰峦。

看啊，伸向苍穹的顶顶树冠
仿佛飞翔的颗颗头颅的金钻
在那里，在欢唱的树林上方
升起，把一豆豆的星火点燃。

1908

维亚切斯拉夫·伊万诺夫

维亚切斯拉夫·伊万诺维奇·伊万诺夫（Вячеслав Иванович Иванов，1866—1949），生于莫斯科。父亲是个土地丈量员，母亲出身于神职人员家庭。母亲对宗教的笃信对儿子产生了很大的影响。伊万诺夫曾在莫斯科大学文史系学习两年，尔后去柏林师从著名的古罗马史家莫姆森。长期侨居西方，主要是意大利。1905 年回国。在国外期间他阅读了斯拉夫学派的著作，热衷于尼采和弗·索洛维约夫的哲学，这决定了他的创作主题。处女集发表于1903 年，时年已 37 岁，但很快便成为象征派阵营重要人物，与勃洛克、别雷等新一代象征派大师并驾齐驱。

伊万诺夫不但是个诗人，还是理论家，翻译家，戏剧家。他的诗具有明显的宗教神秘主义和哲学思辨的色彩，晦涩难懂，然而同时又具有精湛的技巧，至今仍能给人以启发和借鉴。他的创作在二十世纪初的俄国诗歌中占有相当的地位。

冬天的十四行诗

其一

雪橇轧轧作响，雪地熠熠生辉。
神奇的白雪覆盖着庄严的树林。
天鹅的绒毛在天空中飘舞。
行云在月光下快似野鹿飞奔。

你听，铃铛歌唱着遥远的海岸，
而田野的梦无声无息，无边无垠……
道路无人踏过，命运无法摆脱：
神圣的夜啊，你让我何处栖身？

我看见，就像通过巫师的魔镜，
我的家人就在不远处的避难所，
在散发着蜜香的节日火光中。

心儿在神秘的临近感中煎熬，
期待着小树林中间的火星，
但雪橇从旁一掠而过，继续前行。

爱

我们是同一雷电燃起的两根树枝，
夜半树林的两团火焰；
我们是夜空之中飞行的两颗流星，
同一命运的双锋利箭！

我们是戴着同一鞍辔的两匹骏马，
被同一只手牵引，同一马刺刺痛；
我们是同一幻想的两只颤动的翅膀，
同一视线的两只眼睛。

我们是哀伤的一对的两条影子，
在神圣的大理石陵墓旁——
古老的美安息的地方。

我们是同一秘密的两个喉咙，
合二为一的司芬克斯。
我们是两臂交叉成的同一个十字。

海 豚

夹带着雪片和花瓣的风
呼啸着吹打横桁和缆绳，
它从狭谷中奋力挣脱，
向辽阔的蓝色原野驰奔。

高加索的北风春天的叹息，
仿佛特里同①欢乐的叫声，
呼唤全身溜滑的长吻海豚，
背鳍有如驼峰的舞蹈家们。

它从狭谷奋力奔向河口，
这夹带着雪片和花瓣的风。
它邀请你们去做客，迎接春天，
目光呆滞的涅柔斯②的海豚。

---

① 希腊神话中的海神，半人半鱼，有一个海螺壳，用海螺壳吹出的声音能
  传遍世界。
② 希腊神话中的海神。

巴黎碑铭

（组诗节选）

1. 万神殿

你们给所有的神建造了圣殿。
但活着的神只有一个：
他曾三度进入神殿，
也曾三度被你们驱逐。

2. 西徐亚人跳舞

自由与权利之墙
野蛮的西徐亚人不大喜欢。
吉约坦①教授我们法律……
混沌之神自由！混沌之神正确！

并不匀称的我们自由自在！
我们要游牧！我们要天高地远！
我们不要耕种！我们要一马平川！
边界给你们，还有边界之争。
我们天生对你们

---

① 吉约坦（1738—1814），断头台的发明者。

所不知晓的自由贪得无厌。
你们的一世不过一年，
风吹雨打，烈日炎炎
终会带走你们无名的木棺。

3. QUI PRO QUO①

"自由、平等、博爱"——
这几个字吓倒了众王——
它们守护着人民的权利
在基督的祭坛旁。
你可是王者啊，拿撒勒人！

4. 拿破仑墓

"这座陵墓善于辞令，
啊英雄！自相矛盾的法庭
无法使民族屈膝卑躬。
欧墨尼德和荣誉的争论！……"
"虽死犹生，"我高声喊道，
"你们——微不足道，我——万古留名！"

---

① 拉丁语：杂乱无章。

5. JURA MORTUORUM①

看，一座公墓，门上写着：
"自由、平等、博爱……"
但丁该到这里学习
门上的题诗的力量！

6. 帕那刻亚②

谁——为耶稣会上哀伤，
谁——召唤进入列王的国：
高卢人啊，高卢人，快唤来
异乡的母亲们吧！

7. 奴隶与自由人

高卢人与希腊人不像——也像：
希腊乃是自由之创造，
高卢人自由时还是高卢人，
希腊人被奴役时还是希腊人。

---

① 拉丁语：死者的权利。
② 希腊神话中的女医神。

8. JURA VIVORUM①

"自由、平等、博爱"
在大门上骄傲地闪闪发光。
"这些昏暗的楼房作何用场？"
"先生，这里是我们的牢房……"

9. SUUM CUIQUE②

各个民族用自己的方式
描绘着"自由"与"博爱"的令名：
高卢人——写在神殿和宫廷里，
不列颠人——诉诸法律，我们——藏在心中！

10. HORROR VACUI③

没有尽头，没有希望，
世上黑暗，胸中黑暗，
无迹可寻，无可避免——
无论前方，无论后面……

---

① 拉丁语：生者的权利。
② 拉丁语：各得其所。
③ 拉丁语：虚无病。

怀疑论者与鬼魂召集者
命运相同，交情匪浅，
无神论者与神秘论者和平相处：
"给自由添加些黑暗吧——
没什么比虚无更恐怖！"

11. 俯瞰巴黎

心之城啊，谁
看着你却无动于衷，
谁就不会爱人，——
啊，自古就在燃烧的心之城！
烧不烂的炽热的荆棘！
欲望的矿石的熔炉！

高山号角

在荒凉的山间我遇到一个牧人，
他吹着一支长长的高山号角，
悦耳的歌声汩汩流淌，然而
高亢的号角只是一个工具，为的是
在群山之间激荡出迷人的回音。
每一次，当牧人如愿以偿，
吹奏出为数不多的音响，
这回声便在峡谷间回荡，
无法言喻的甜美和谐之声，
让人误以为：这是看不见的精灵们的合唱，
借助非尘世的工具，
把地上的言语翻译成天上的语言。

于是我想："啊天才！你应该如这号角
歌唱尘世之歌，为了在人们心中
唤起另一首歌。有福了，谁若听得见这歌。"
大山后面传来回应之声：
"大自然是一个象征，就像这号角。它
为回声而鸣；回声就是神。
有福了，谁若听得见歌声，也听得见回声。"

一贫如洗却不失豁达

惨淡的白昼在黄昏的怠惰中发愣，
给世界留下慵懒的光明，夺走了阴影。

不知为何燃起了点点灯火，
河上的光点不知流向哪里。

人们朝我游来，迎面游来……
我在近处找你，在远方寻你。

我想起：你在施了魔法的花园里……
但你的面容和我在一起，在我的梦呓里。

但你的声音响起，诱惑着我……
迎面而来的人们注视着我。

我也不知道：是丢失了还是送人了？
像是光天化日之下溶化了自己的宝物。

溶化了自己的爱情的珍珠……

尽管嘲笑我吧，我的非亲非故！

一贫如洗却不失豁达，我走过并歌唱，——
我要把我慷慨的豁达奉送给你们。

悔 恨

我的恶魔！此刻我可是被拒绝？
我的卫士，我倒下了，被你离弃！
我的卫士，你没有保护好我——
敌人来了，我们一败涂地！……

啊不，我的恶魔！耻辱之痛
催生了责难的伪装之怒！
我听到了你的召唤，却不能前来，
因为我是那么寒酸，一贫如洗。

我是那么无辜，那么任性，
好像一个法利赛人——踌躇满志，
我可早就把高傲的誓言给了你——
矢志不渝？……矢志不渝！

投奔到自由的草原的逃亡者
就这样甩掉锁链，得意忘形。
然而等待他的双腿的却是
刑讯室的门槛，穷凶极恶。

1904

在塔楼上

致莉·德·季诺维耶娃–阿尼巴尔①

我是个他方来客，同我的女王西比拉②
在塔楼上获得了一处栖身之地，
迷蒙的城市上空——深灰色的雄鹰
同翅膀宽阔的雌鹰飞在了一起。

风儿翻卷着金灿灿的落叶，
敲击窗户，质问这对伙伴：
"为何你们——太阳的儿女和背弃者
要用你们茂盛的花园，

用你们陡峭的悬崖
和窃窃私语的先知的山洞，
还有热情似火的环境
和高傲崖壁下大海的轰鸣——

换取昏暗城市窄小的塔楼？
跟我走吧，回归故乡！"

---

① 莉吉雅·德米特里耶芙娜·季诺维也娃–阿尼巴尔（1866—1907），作家，
  伊万诺夫的妻子。
② 西比拉，或西庇拉，罗马神话中能预言未来的巫师，原为太阳神阿波罗
  的女祭司。

而西比拉大声反问："为何老鹰
总是要落在有尸体的地方？"

1905—1907

秋

落叶是什么？金币一样的礼物，
周围的目光是什么？火热的诗行……
而在葬礼的锦缎的上空
死亡的面孔这般明朗而安详。

就这样，远方感受着愉快的酸痛，
掩映着夕阳金灿灿的霞光；
和睦相处的群山的浅蓝色忧伤
看上去是那么自由奔放。

银白的月亮在虚幻的苍穹
那么纯洁，像花儿一样！
闪光的树叶从沉默的树上脱落，
犹如祷告漫天飞扬……

1905

天 鹅

白天鹅们呐喊着，荡起碧波……
池塘犹如坟墓，西天残阳似火……
树叶发出临死前的战栗，
心儿在最后的愿望里烧灼！

天空的色彩，向晚的色彩
异常兴奋地依偎着太阳……
白天鹅们冲着幽暗高声呐喊，
心儿在最后的苦恼中衰亡！

我怀着满腹的沮丧和哀怨
盘旋在飘忽不定的光点后面，
我这只白发天鹅在秋天的坟墓上方
用歌声应和白天鹅傍晚的呐喊……

1906

三一节①

守林人的女儿在水藻中采摘勿忘我，
　　　　在三一节那天；
她在河边编成花冠，在河水中沐浴，
　　　　在三一节那天；
她像美人鱼浮出水面，戴着绿色的花冠。

斧子在禁止砍伐的林区呼啸起落，
　　　　在三一节那天；
守林人带着斧子出门去砍伐油松，
　　　　在三一节那天；
他既痛苦又悲伤，钉制着松木灵棺。

堂屋的蜡烛在漆黑的树林里闪耀，
　　　　在三一节那天；
枯萎的花冠在神像下和死去的女人旁悲伤，
　　　　在三一节那天。
树林嘶哑地絮语。河水在绿藻下潺潺……

　　　　　　　　1911

---

① 每年夏季在耶稣复活节之后第五十天的节日。

伊诺肯季·安年斯基

伊诺肯季·费奥多洛维奇·安年斯基（Иннокентий Федорович Анненский，1856—1909），诗人，翻译家，语文学家，文学批评家。生于鄂木斯克一个官宦之家，在长兄、著名社会活动家兼民粹派政论家的抚养下长大。毕业于彼得堡大学文史系，在基辅、彼得堡、皇村等地出任过中学校长。1901 年开始发表作品，主要是几部取材于古希腊神话的悲剧。1904 年出版诗集《低吟轻唱》，诗集《柏木雕花箱》和《遗作》在诗人死后才问世。

安年斯基的创作属于二十世纪初象征主义流派，表现了对现实生活的回避、强烈的孤独感和对理想生活的痛苦追求。在诗人眼中，周围的世界有时仿佛幽灵和噩梦。他的诗富于口语化，工于描画细节，具有非凡的表现力。勃洛克称赞安年斯基的诗具有"脆弱的细腻和真正的诗感的印记"。安年斯基是反映人的内心世界的大师。他对许多诗人尤其是象征派和阿克梅派产生了很大的影响。

黑色的剪影

当我们不得不度日如年，
在越来越强大的恐惧中生存，
我们的心却变得冰冷，
并注定要自欺欺人；

当病痛的阴影爬进冻坏的窗户，
把我们守护，用漆黑的夜色，
只是痛苦的圆周的两端
还没有完成最后一次对接——

被苦闷吞噬的我是否想要明白
那个世界，那个昙花一现的天国？
但没有天国，只有一片死光闪烁……

而花园已荒芜……门已被钉死……
下雪了……一个黑色的剪影
在花岗岩的镜子里凝结。

紫 晶

当绛红的白昼狂暴地滋长，
用烈焰焚烧着蓝天，
我多么经常地呼唤黑暗，
那紫晶的冰冷的黑暗。

为了不让炽热的太阳
把紫晶的边缘烧灼，
而是只让摇曳的烛光
在那里流泻和闪烁。

为了让那紫色的光芒
在散开时能够承诺：
我们拥有的不是某种联系，
而是彼此间辉煌的融合……

晨

今夜没有尽头，
我不敢入睡，害怕入睡：
两只恼人的黑色翅膀
沉重地压在我的胸口。

一只垂死的雏鸟颤抖着
回应着翅膀的召唤，
我不知道黎明会否到来，
或者这就是彻底的结束。

啊，勇敢些……噩梦已过去，
它可怕的王国已销声匿迹；
胸口和胸中的先知鸟，其翅膀
在明天到来前已悄无声息。

天上的云团还在嘤嘤哭泣，
夜影在不情愿地变淡，
千篇一律的白昼尝试着
在雨幕后面露出笑脸。

天然气的蝴蝶

告诉我，我这是怎么了？
为何心儿跳得这么急？
是怎样的疯狂波涛般
穿透了这习惯的顽石？

这里面是力量还是我的苦难，
我紧张得一下子感觉不到：
我从存在的字里行间中
极力捕捉被遗忘的词句……

窃贼可会拿着手电筒
在一堆沮丧的文字中间翻寻？
我不能不阅读那词句，
但要返回到那里我力不从心……

那词句已无力来一次爆发，
但它会给黑暗增添烦忧：
天然气的蝴蝶就是这样
彻夜颤抖，却不能飞走……

那是在瓦伦-科斯基瀑布[①]

那是在瓦伦-科斯基瀑布。
迷蒙的天上飘着绵绵细雨，
一块块湿漉漉的黄色木板
接连滚下悲伤的峭壁。

入夜天凉，我们哈欠不断，
泪水不知不觉涌出眼睛；
那天早晨他们有四次
扔出人偶逗我们开心。

膨胀起来的人偶听话地
一次次扎入泡沫四溅的飞瀑，
起初它在水中久久打转，
似乎是要拼命返回原处。

但泡沫徒劳地舔舐着
被紧紧压住的手臂的关节，——
不用操心，会对它施救的，
为了一次又一次新的折磨。

---

① 在芬兰境内。

看啊，汹涌的激流
发黄了，被制服了，蔫了；
楚赫纳人①还算公平，
为此就收了半个卢布。

人偶还卡在那块石头上，
往下走是一条河……
这场喜剧在那个灰色的早晨
让人感到一种难言的苦涩。

总是有这样的天空，
总是有这样的光影斑驳，
会让心儿觉得人偶的屈辱
远比自己的屈辱更难过。

我们当时比树叶还敏感：
仿佛那块灰白的石头死而复活，
成了我们朋友，而朋友的声音
就像儿童小提琴一样形同虚设。

我的心深深地意识到：
它怀有一种与生俱来的恐惧，
它在这个世界上形单影只，
一如在波涛中挣扎的旧人偶。

---

① 俄罗斯人对芬兰人的蔑称。

假如不是死亡，而是遗忘

假如不是死亡，而是遗忘，
想不留下一个动作、一丝声音……
因为只要仔细倾听，便知
我的一生——不是人生，而是苦痛。

或许我并非同你一起消失，岁月？
不会跟枫树上的叶子一起凋零？
或许在融化的晶莹泪水里
并非我的火焰消失了影踪？

或许我并非整个置身于荒崖间
和白桦树漆黑的贫困之中？
也不是全身披着早晨的寒冷
铸就的玫瑰的白色丝绒？

想在这如挂的绵绵细雨里
像一粒粒珍珠那样纷纷降临？
请告诉我，在冥思苦想中
能否找到一颗同情的心？

愿 望

当我用疲惫不堪的手
在天黑之前耕完田垄，
我要去那远方的丛林，
到修道院寻找我的安宁。

我会成为每个人的奴仆
和上帝的造物的友人，
任凭松涛在四周喧哗，
任凭大雪覆盖着松林……

而当铿锵的召唤在夜间
洪钟般在我的头顶回响，
我把燃尽的蜡烛的残油
滴落在冰冷的花岗岩上。

什么是幸福?

什么是幸福?是醉酒说疯话?
是旅途中的那一分钟,
当一句听不见的"别了"
同渴望见面的亲吻交融?

或者幸福来自绵绵秋雨?
来自白昼的回归、闭合的眼睛?
或者来自那些财富——只因它
不修边幅而不被我们看重?

你说着……看啊,幸福
正拍打依偎着花儿的翅膀,
转瞬间它就会升入高空,
一去不回,天清气朗。

而心儿,也许
更喜欢意识的傲骨,
更喜欢痛苦,假如其中
含有回忆的微毒。

雪

我多么想爱上冬天，
然而负担沉重……
甚至烟雾也会因此
无法升向天空。

这被切割的线条，
这沉重的飞行，
这蓝得有些寒酸的
满面泪痕的冰！

但我爱这虚弱的雪，
少了那种天外的自得——
忽而洁白得耀眼，
忽而变成淡淡的紫色……

特别是那融化的雪，
当它打开天空的幕帘，
疲惫不堪地躺卧在
缓缓滑动的悬崖上面，

仿佛云雾里一群

天真无邪的梦幻——
在春天燃烧一切的
令人苦恼的边缘。

孩子们

你们找我？我已做好准备。
他们做了坏事，我们承当。
给我们——监牢，但给他们——鲜花……
给我们的孩子们，世人啊——太阳！

童年的生命线最为脆弱，
这时的白天也更为短暂……
对于他们，不要急于责骂，
而要给予宠爱……但不失体面。

假如你们不理解孩子们的
低声抱怨——这是不幸，
让孩子们低声讲话——这是耻辱，
最糟糕莫过——让孩子们战战兢兢。

然而就连悔恨也不能洗去
孩子们无辜的眼泪，
因为那里边有整个的基督，
连同他全部的光辉。

唉，那些含辛茹苦的人啊，

那些手臂细如麻线的人……
世人啊！兄弟们！莫不是因此
唯独痛苦中才有我们的安宁……

我在水下

我在水下，我是悲伤的废墟，
我的头上碧波荡漾。
没有任何人能逃离这里，
逃离这玻璃般透明的黑暗……

我记得天空，曲折的飞翔，
白色的大理石和下面的水库，
我记得喷泉射出的水柱——
被蓝色火焰串联起来的烟雾……

假如相信那些梦中的呢喃，——
我僵冷的内心开始躁动不安，——
拖着一条残臂的安德洛墨达
正在那里把我苦苦思念。

爱沙尼亚老妪
选自可怕的良心之诗

假如黑夜牢狱般寂静无声，
假如睡梦像蛛网一样细密，
那么要知道：她们要来了——
莱维尔郊区的爱沙尼亚老妪。

她们进来了——阴沉着脸坐下，
让我一时无法从囚禁中挣脱，
她们的衣衫灰暗而又寒酸，
每人的背囊里都装着一片柴禾。

我知道，由于担惊受怕
明天我将变得面目全非……
多少次我请求她们："忘了吧……"
却读到她们无声的："我们不会。"

就像土地，这些面孔不会说出
信仰的心中埋葬着什么……
她们只顾埋头编织她们永远
织不完的灰袜——根本不理我。

然而谦恭——她们聚集在一旁……

不必害怕，请坐到床上……
只是没搞错吧，爱沙尼亚女人？
有些人比起我更罪恶昭彰。

但既然来了，就让我们聊聊吧，
我们不是钟表，不会滴答作响。
也许，你们是想哭一阵？
那么小点儿声，别让人听见，呜呜哭一场？

也许是风把你们的眼睛吹肿，
就像墓地里白桦树的幼芽……
你们一声不吭，悲伤的玩偶，
你们的儿子……我可没把他们送上绞架……

我，正相反，我为他们惋惜，
读罢报纸上慈悲为怀的报道，
我成了一个身穿锦袍的神父，
默默地为那些勇敢的人祈祷。

爱沙尼亚女人摇起头来：
"你为他们惋惜……但有何用，
既然你的手指这么纤细，
并且从来没有一次握紧？

昏睡吧，男刽子手同女刽子手！

尽管眉来眼去，骂俏调情！
你呢，弱者，你温顺，寡言，
全世界没人比你更罪孽深重！

慈善家……我们编织你的善行，
尽管双目失明，我们仍在编织……
不要急——等打好这个线结，
我们就会想出个词儿，告诉你……"

……………………………………

我的梦对我始终这么吝啬，
还有我的蛛网多么细致精巧……
可又多么伤心……多么愚蠢……
这些芬兰女人总也摆脱不掉……

一台老手摇风琴

这天空简直让我们发疯：
忽而是火，忽而是雪，令人眼晕，
固执的冬天好像野兽龇牙咧嘴，
为四月的到来而暂且收兵。

刚刚经历了一次短暂的昏厥——
便又一次戴好头盔披挂上阵，
躲进雪面冰层下的那些溪流
还没唱完，就默不作声地结了冰。

然而往日的时光早已被忘记，
花园何其热闹，石头白而喧嚷，
洞开的窗户探头张望
青草怎样给陌巷穿上绿装。

只有老手摇风琴打着寒战，
在五月的夕阳下冻得浑身僵硬，
她使劲转动和按压发涩的转轴，
还是对付不了这恶毒的欺凌。

这个转轴被掐住，怎么也不明白

这样做全是白费力气，徒劳无功，
老年的屈辱感在与日俱增，
今非昔比的苦恼将他深深刺痛。

可即便何时这老转轴明白了
他跟老手摇风琴就是命该这样，
他也未必会停止转动唱歌，
因为不经历苦难就没资格歌唱。

彼得堡

彼得堡的冬天到处是黄色的蒸汽，
黄色的雪片把路面粘得严严实实……
我不知道你们在哪儿，我们在何处，
只知道我们紧密地融合在了一起。

可是沙皇的诏令杜撰了我们？
可是瑞典人忘记把我们溺死？
我们已经失却了过去的神话，
剩下的只有石头和可怕的往事。

巫师给予我们的只有石头，
还有这黄褐色的涅瓦河，
还有这冷清、寂寥的广场，
天亮前将有人被套上绞索。

而我们的土地上有过的一切，
我们的双头鹰赖以飞翔的东西，
悬崖上戴着暗淡桂冠的巨人——
明天将成为孩子们的游戏。

他曾经多么残暴，多么大胆，

但疯狂的坐骑把他给出卖；
沙皇不知如何镇压这条蛇，
依附于他的蛇反让我们崇拜。

没有克里姆林宫、奇迹和圣物，
没有海市蜃楼、微笑和泪滴……
有的只是来自封冻的荒野的石头，
对无法挽回的错误的反思。

即便是在五月，当白夜
斑驳的影子在波涛之上遍布，
那也不是春天幻想的诱惑，
而是徒劳无益的欲望的毒物。

神 经

这马路啊，滚烫灼人，尘土飞扬！
这松树啊，我的主，多么忧伤！

屋檐下的阳台。妻子在织毛线。
丈夫闲坐着。他们身后是一块画布，有如船帆。

他们的阳台就在一座花坛的上面。
"你想不是他，可万一是他怎么办？
就知道织。我的上帝啊，我们总该做点打算……"
……卖云莓啦，云莓果！……
"可你就不能放下那本紫色笔记本？"
——"怎么样，要不要买点儿菠菜，夫人？"
——买点吧，安努什卡！——"我在那边的墙上
见过一张字条，所以……"……好看的梳子啰！
"啊，邮递员来了……有彼得罗夫家的信吗？"
——有信还有一份《光明报》。
"怎么办？放好了？"——扔炉子里烧掉了。
"真是太粗心了！……在那个女人面前？
我这儿还这样打算呢：先把思路理理清楚，
然后，再把所有的事实和盘托出……
想想看，我们还有什么漏洞需要弥补？"

——我都烧了。她叹了口气，不出声地数着毛线结……

——"你没注意吗，今天有位先生神色可疑，

从我们旁边来来回回走了三次？"

——管他走多少次呢……——"可这个人是在找人，四下打探，

从眼睛明明可以看出，他是个密探……"

——可我们这儿，我的上帝，能找到个啥！

——"那瓦夏为什么还不回家？"

——"那边看门人来了，找老爷要公民证。"

——"来找我？……今天礼拜几？"——"礼拜二。"

——"我不舒服。我的朋友，你就不能出去应付一下？"……

……铃兰花啰，新鲜的铃兰花！

"要我咋办呢？怎么打发他？给他加点钱吧！"

——真是胡说八道！凭什么加钱？

……剃须刀往右点……

"在旁边安静坐会儿吧。猫咪，猫咪，猫咪……"

——啊呀，真是，你还不如出去走走，换换空气！

大概你以为，我这样心烦很舒服是吧……

鸡蛋鸡蛋，新鲜的鸡蛋啦！

新鲜的鸡蛋？……但没能抑制住怒气……

两人各坐一个角落，各自掩面而泣……

这马路啊，滚烫灼人，尘土飞扬！

这松树啊，我的主，多么忧伤！

尼古拉·古米廖夫

尼古拉·斯捷潘诺维奇·古米廖夫（Николай Степанович Гумилев，1886—1921），诗人、批评家、阿克梅派领袖，异国风情与尼采式"强者"的歌手。生于喀琅施塔得一个随船医生家庭，皇村中学毕业后在索邦大学旁听，后来考进彼得堡大学文史系。旅行过许多地方（主要是非洲）。当过去索马里半岛考察的考察队长。第一次世界大战期间自愿参军去前线作战。

古米廖夫的第一本诗集发表于1905年，取名为《征服者之路》，从中看得出尼采的深刻影响。影响较大的集子为《珍珠》（1910）和《异国天空》（1912）。十月革命后成为高尔基创办的《世界文学丛书》编委，还担任过彼得堡诗人协会主席。1921年因被指控参加反革命政变而被枪决，1986年被平反。

主要作品除上述外，还有《浪漫之花》《篝火》《瓷器馆·中国诗》《帐篷》《火柱》等。

古米廖夫反对象征主义远离生活、一味追求理性世界、不食人间烟火，主张寻找理想与现实之间的平衡，这是他领导的阿克梅派的基本主张。他的诗语言明白晓畅，结构优美匀称，音调铿锵有力。此外，他还是俄国第一个把非洲大陆写进诗歌的诗人。

神奇的小提琴

可爱的男孩，你这么快活，你的微笑这么开朗，
千万不要祈求这种能够戕害世界的幸福，
你不知道，你不知道，这提琴究竟为何物，
初学演奏者那难以言说的恐惧究竟为何物。

曾几何时，有个人将它握进威严的手中，
他的眼睛从此彻底失去了平静的光明，
地狱的鬼魂喜欢听这种庄严的声音，
凶猛的狼群在琴师们的道路上逡巡。

这些高亢的琴弦啊，应该永远歌唱和哭泣，
这发了疯的琴弓应该永远挥动、回旋，
在阳光下，在暴风雪下，在白色的浪花下
当西天晚霞绚烂，当东方旭日冲天。

你会身心疲惫动作迟疑，乃至瞬间中断歌唱，
可你不能喊叫，不能动弹，还得把呼吸屏住，——
凶猛的狼群嗜血的兽性马上就会爆发，
它们会用牙齿咬住你的咽喉，用爪子撕烂你的胸脯。

那时你就会明白，你所歌唱的会怎样恶毒嘲笑你，

那姗姗来迟却又主宰着你的恐惧盯着你的眼睛，
令人苦闷的致命寒冷像衣服缠裹着你的身体，
你的新娘将号啕大哭，你的朋友将陷入思忖。

男孩啊，继续吧！你在此遇不到快乐，也遇不到宝藏！
可我分明看到——你在笑，你的双眸——光芒四射。
随你吧，愿你能驾驭神奇的小提琴，正视那群怪物，
即便死，也要不辱没琴师的名声，死得轰轰烈烈！

我信过，我想过……
致谢尔盖·马科夫斯基

我信过，我想过，光明终于为我而迸射：
造物主创造了我，随即又将我让给厄运；
我被出售了！我不再是神的！出售者走了，
购买者上下打量着我，脸上明显挂着嘲讽。

昨日仿佛一座会飞的大山跟着我狂奔，
而明日好似一个深渊等着我坠入其中，
我举步前行……大山终究会跌进深渊。
我知道，我知道，我的道路徒劳无功。

假如说我是用自己的意志征服世人，
假如说灵感每逢夜晚便将我眷顾，
假如说我领悟了秘密——作为诗人、魔法师、
宇宙的主宰——堕落将因而更加恐怖。

瞧，我做了一个梦，梦见心儿不觉疼痛，
它——成了黄皮肤的中国的一个瓷铃，
挂在绚丽的浮屠上……彬彬有礼地叮当作响，
将珐琅般的澄空中那成群的大雁招引。

一个恬静的少女穿着红绸的衣衫，

上面绣着金色的黄蜂、花卉和龙，
她盘腿而坐，一副无思无梦的神情，
仔细谛听着那轻微的、轻微的铃声。

石 头

致安·伊·古米廖娃①

你看，这石头目露凶光，
多奇怪，上面有深深的裂缝，
隐蔽的火焰在苔藓下闪耀，
你可别多想，这不是萤火虫！

那些脸色阴沉的祭司，
郁郁寡欢的众王的西比拉
早就把它从海底召了回来，
要它对奇耻大辱以牙还牙。

这可怕的黑色石头一出水
先是躺在岸上静享清福，
每到夜深便去破坏塔楼，
并对偶遇的敌人肆意报复。

它在一片片荒野上飞行，
在灌木丛后面伺机埋伏，
一旦裂缝中的火星一闪，
准是又一次猛地扑向猎物。

---

① 古米廖夫的母亲。

绝少有谁能够一眼看破
它在夜间诡秘的路径，
但千万不要开罪于它，
切勿一不留神与它狭路相逢。

它会将难以忍受的怨恨
和猝不及防的威胁藏起，
它眨眼间掠过且看似不动，
好像一块普普通通的岩石。

可你无论在何处藏身，瞌睡，
都休想逃过它的眼睛，
它飞着，总能找到你，
势不可挡地扑向你的前胸。

你将不得不连连惊叹，
羡慕它火焰的绚烂之光，
你会听到它坠落时的喧哗
和你的骨骼碎裂的声响。

它渴望热血，为之陶醉，
它只在清晨才离家出走，
被遗忘的尸体那么触目惊心，
仿佛一只被公牛撕碎的狗。

穿过一片片的原野和田地，
它又回到海边，所来之处，
它要让那忠实的潮水
洗去它身上凝结的血污。

树

我知道，是树，而非我们
享有完美人生的辉煌：
在星空的姐妹——温存的尘世，
我们是在异地，它们是在故乡。

在深秋，在空旷的田野上
红铜般的落日、琥珀似的朝阳
在教它们如何为自己着色——
这些自由自在的绿色的种族。

橡树丛中处处都有摩西，
棕榈林中处处有圣母……它们的心
彼此间互致无声的召唤
携带着在无边黑暗中奔流的河水。

泉水在大地深处，磨砺着金刚石，
切割着花岗岩，淙淙流淌，
泉水在歌唱，在叫喊——在
榆树折断、梧桐披上绿叶的地方。

啊，假如我也能找到一个国度，

在那儿可以不唱也不哭，
只是一声不语地升入高处
这绵绵的时光，如恒河沙数！

在旷野

穿着毛皮的水早已干涸，
但我像狗一样不会死去：
我第一次将自己交给火堆，
为纪念奇伟的赫拉克勒斯①。

任凭燃烧的树枝把我刺痛，
任凭阴森森的阴间发出恫吓，
两个彼此为敌的命运
竟然有着那样可怕的和谐！

我是流浪汉，他是英雄，
我是半兽，他是半神，
但我们以同样的勇气
叩敲着那扇关闭的大门。

忒耳西忒斯②和赫克托耳③，

① 希腊神话中的大力士，相传他临死前亲自筑起一个火堆，并下令让人将他烧死。
② 荷马史诗《伊利亚特》中希腊军队中的普通士兵，丑陋而粗鲁。有传说认为他是被阿喀琉斯所杀。
③ 荷马史诗《伊利亚特》中的特洛伊王子，为阿喀琉斯所杀。

面对死亡一样渺小和光荣。
我也要在蓝色国度的原野
将这玉液琼浆一饮而尽。

梦

我在噩梦中呻吟不止，
醒来后，备感悲伤。
我梦见你另有所爱，
那个人却对你冷语相向。

我逃离自己的床帏，
就像刽子手逃离了行刑，
我望着，暗淡的街灯
眨动着野兽般的眼睛。

想必世上不会再有一个人
像我这样无家可归地游荡，
在深夜，在昏暗的马路上，
仿佛沿着干枯的河床。

不觉中我走到了你的门前，
实际上我也别无他路，
尽管也清楚，你的这扇门
我永远都不会有勇气进入。

他对不住你，这我知道，

虽然这只是一场梦魇，
但我还是会郁郁死去啊，
在你那扇关紧的窗前。

灵与肉

1

夜的静谧在城市上空周游，
即便最微小的声息也杳不可闻，
而你，灵魂，依旧在沉默，
上帝啊，饶恕这些大理石灵魂。

我的灵魂给了我回答，
似乎远处的竖琴奏响琴音：
"究竟为什么我要为存在
开启了卑微人体上的眼睛？

我疯了啊，丢下自己的家，
一心追求着另一种辉煌。
地球于我成为了中心，
一条锁链将服苦役者禁锢其上。

啊，我是那么憎恨爱情——
你们那里人人必得的一种病，
它让这个异己却又美好和谐的世界
在我眼里一再变得模糊不清。

若说行星的合唱里还有什么
能让我和闪光的过去息息相通，
那便是苦痛，我可靠的盾牌，
冷冰冰的、睥睨一切的苦痛。"

2

夕阳由金色变成了铜色，
白云盖上了一层碧绿的锈色，
这时我对肉体说："请用
灵魂回答对外宣示的一切。"

于是我单纯但又拥有
一腔热血的肉体答道：
"我不知道存在的含义，
尽管我知道什么叫作爱。

我喜欢在咸咸的海水中劈波斩浪，
喜欢聆听兀鹰的叫声，
喜欢骑着没有驯服的烈马
在散发着艾蒿味的草原驰骋。

我还喜欢女人……每当我亲吻
她那双垂下来的眼睛，
我会陶醉，似乎暴风雨临近，

抑或我在将甘泉啜饮。

但我也想像男子汉一样大哭一场，
为我情愿不情愿遭遇的一切，
为所有的悲伤、欢乐和梦想
付出无可挽回的最后毁灭。"

3

当上帝的圣言从高天之上
似大熊星座熠熠生辉，
并问："你究竟是谁，提问者？"——
我的灵魂和肉体呈现在我面前。

我慢慢地将目光抬向它们，
并回之以慈悲而又粗鲁的口吻：
"请告诉我，莫非那条
冲着明月吠叫的狗也有理性？

莫非你们是要拷问我，
拷问这样的一个人，
从创世之初到世界末日
对他不过是短暂的一瞬？

拷问我这棵伊格德拉西尔之树，

一头繁衍出七重宇宙的大家庭，
在他的眼里尘世与乐土
全不过是区区一粒微尘？

我是那个沉睡之人，深邃
掩盖了他难以言喻的绰号，
而你们不过是微弱的梦影，
在意识的底部东奔西跑！"

工 人

他站在灼人的熔炉前，
这身材并不高大的老人。
发红的眼睑不停地眨动，
平静的目光慈祥而温顺。

他的伙伴都已经入梦，
只有他还没有离去：
他一直忙于铸造子弹，
把我同大地分开的东西。

干完了，眼里露出喜悦。
动身回家。月光如洒。
睡梦中的妻子正在家里
温暖的大床上等着他。

他造的子弹在德维纳河
汹涌的波涛上面呼啸飞过，
他造的子弹眼看要打中
我的胸膛——它已来找我。

我倒下了，痛不欲生，

历历往事在眼前浮现，
鲜血像喷泉一样溅在
沾满尘土的枯蒿断草间。

上帝将给我最高的奖赏，
为我短暂而痛苦的一生。
成就此事的是位穿着灰背心
身材并不高大的老人。

迷途的有轨电车

我在陌生的街上走着，
忽然听到一阵乌鸦哀鸣，
诗琴如诉，远天雷动，
一辆有轨电车在呼啸飞奔。

我是如何跳上车门的，
对我来说是个不解之谜。
它映着白昼的天光在空中
留下一条火星四溅的小路。

它狂奔不已，风驰电掣，
它迷失在了时间的长河。
停车，司机，停车，司机，
快快停车啊，马上停车。

晚了，我们已绕过城墙，
在一片棕榈丛中一穿而过，
转眼间隆隆驶过三座大桥，
跨越涅瓦河、尼罗河和塞纳河。

窗前闪过一个老乞丐的身影，

目光中流露出不解的神情，
——这显然就是那个
一年前死在了贝鲁特的人。

我这是在哪儿？心儿在倦怠
而又惶恐的跳动中回复：
"看见车站了吗？那里可以
买张票去精神之国印度。"

招牌……鲜血写成的字
标榜什么：新鲜蔬菜。
我知道，这里不卖白菜和蔓菁，
这里卖的是死人脑袋。

穿红衬衫的刽子手，一脸横肉，
看啊，他把我的头也割了去，
它就放在一个溜滑的盒子里，
在最底下，同别人的一起。

巷子里有户人家：木板的围墙，
灰色的草坪，三个窗户的房舍……
停车，司机，停车，司机，
快快停车啊，马上停车。

玛申卡，你在这儿住过，唱过，

为新郎我，编织过地毯。
可你的声音和身影今在何处？
也许，你已经不在人间？

当你在闺房里痛苦地呻吟，
我却戴上扑着香粉的发辫
去觐见我们的女皇陛下，
从此再也没能同你相见。

现在我懂了：我们的自由
只不过是从那边射来的光，
人们，还有他们的影子
站在行星动物园的入口旁。

这时，一股熟悉和带甜味的风
迎面扑来，但见青铜骑士
在大桥后面伸出戴护套的长臂，
他的坐骑高高跃起前蹄。

作为东正教的坚实堡垒，
以撒大教堂直刺云天，
我要在那儿为自己举行葬礼
并为玛申卡祈祷平安。

但我始终感到心神抑郁，

且呼吸艰难，痛苦难当。
玛申卡啊，我从来没有想到
会有如此深的爱情与忧伤。

选 择

建塔者凌空坠下，
他急剧的降落触目惊心，
在世界深渊的最深处
他诅咒自己的丧失理性。

而毁塔者则会碎骨粉身，
葬身在一片废墟之中，
洞察一切的上帝把他抛弃，
他为自己的苦难痛哭失声。

而那个走向夜间洞穴
或者寂静河滨的人，
他将遭遇凶猛的狮子
那令人毛骨悚然的瞳孔。

你逃不脱血腥的命运，
你尘世的归宿乃上天注定。
但别作声，你自己有权选择
以何种方式了却此生。

长颈鹿

今天我发现，你的眼神异常忧伤，
你抱着双膝的手臂异常纤长。
你听，在遥远、遥远的乍得湖畔
一只优雅绝伦的长颈鹿在徜徉。

它生来体态优美，怡然自得，
皮毛上点缀着奇妙的花纹，
只有天上的月亮才敢与之媲美，
当月光在宽阔的湖面上摇映。

从远处看去它有如绚丽的船帆，
它平稳的奔跑像鸟儿兴奋的飞翔。
我知道，大地能看见许多奇迹，
当它披着夕辉去大理石山洞躲藏。

我知道一些神秘之国的快乐神话，
讲述黑姑娘与年轻酋长的激情。
然而你呼吸沉重的雾气太久，
你不愿相信什么，除了下雨刮风。

我该如何为你讲述那热带的花园，

那挺拔的棕榈、芬芳的草场？
你哭了？你听，在遥远的乍得湖畔
一只优雅绝伦的长颈鹿在徜徉。

记 忆

只有蛇才生来要蜕皮，
为了让灵魂长大，变得老成。
而我们呢，跟蛇不同，
我们不换肉体，只换灵魂。

记忆啊，你用巨人的手
像牵马一样牵引着人生，
你为我讲述那些从前
先于我活在这躯壳中的人。

最初的一个：丑陋，瘦小，
他只爱那落叶和树林的朦胧，
他是一个有魔法的孩子，
一言既出，便令雨住风停。

一棵树和一条棕毛狗，看吧，
他把谁当作自己的朋友。
记忆啊，你找不到那标记，
无法让世界相信，那就是我。

第二个：他喜欢南来的风，

能从喧哗中听出竖琴的音乐，
说什么生活是他的知己，
脚下的地毯就是整个世界。

我一点儿也不喜欢他，
正是他想成为上帝和国王，
正是他把诗人的招牌
挂在了我沉默寡言的门楣上。

我爱那自由的宠儿，
我爱那射手和航海家，
啊，大海为他放声歌唱，
白云是如此羡慕他。

他的帐篷高高矗立，
他的骡子敏捷而又强壮，
他畅饮连别雷也不知晓的
国度的香气，如美酒佳酿。

记忆啊，你一年年变得衰老，
莫非是他，或者别的什么人
用自己快乐的自由换取了
一场期待已久的神圣战争。

他品尝过饥饿与干渴之苦，

知道噩梦的恐怖和无尽的道路，
但"圣乔治"① 却两度佩戴在了
枪弹也不曾穿透的胸脯。

我是一个忧郁而倔强的建筑师，
建造了那座耸立于黑暗中的圣殿，
我是那么羡慕我父辈的荣耀，
无论在天上，还是在人间。

心儿将被熊熊大火焚烧，
直到新耶路撒冷的城墙
清晰可见地崛起在
我的故国的土地上。

那时会吹来一股奇异的风，
从天上流泻出可怕的光，
这是璀璨的银河炫然绽放，
像耀眼的行星花园一样。

我面前将倏然出现一个
陌生的旅行人②，遮掩着面孔：
但我全明白，当我看到

---

① 指圣乔治勋章。
② 指基督。

跟随他的狮子和向他飞去的鹰。①

我大吼一声……难道有谁
能让我的灵魂获得永生？
只有蛇才生来要蜕皮，
我们不换肉体，只换灵魂。

---

① 狮子：《约翰福音》作者约翰的象征。鹰：《马可福音》作者马可的象征。

言①

那一天，在新世界上空，
当上帝垂下自己的脸，
那时，言可以摧毁城市，
言可以阻止太阳运转。②

就连鹰也不再振动翅膀，
星星缩在月光里打战，
一旦言在高天滚过，
犹如一团粉红色的烈焰。

而数是为低级生命而设，
就像困在笼子里的家畜，
因为意义的一切细微差别
只有高明的数才能表述。

白发皤然的长老出手

---

① 此处的言（слово），中译和合本《圣经·新约·约翰福音》译作"道"，
如第一章第一节中："太初有道，道与神同在。"
② 《圣经·旧约·约书亚记》第十章第十二至十三节，约书亚率众攻打亚摩
利人时，曾祷告耶和华。原文如下："'日头啊，你要停在基遍；月亮啊，
你要止在亚雅仑谷。'于是日头停留，月亮止住，直等国民向敌人报仇。"

将世间的善与恶逐一征服，
即便他也不敢求助于声音，
只用手杖在沙上画出一个数。

可我们忘了：尘世生命中
唯有言才熠熠生辉，
《约翰福音》里就能读到
言即神这样的教诲。

我们给它设置了边界，
用贫乏的自然将它限定，
于是僵死的词语臭不可闻，
就像废弃的蜂箱里的蜜蜂。

斯德哥尔摩

为何我梦见它，这动荡的、参差不齐的、
从非我们的时间深处诞生的城市，
那个关于斯德哥尔摩的梦，如此令人惶恐，
如此令人惶恐不安，心神抑郁……

或许正逢节日，我不敢肯定，
只听见钟声在不停地呼唤、呼唤。
仿佛雄壮的管风琴，被用力击打，
整个城市都在祈祷，喧闹非凡。

我居高临下地站立在山顶上，
好像是要对芸芸众生布道传经，
我看得见清澈平静的水面，
以及周围的森林、田野和草丛。

"上帝啊，"我惊恐地喊道，"怎么办，
假如这个国家就是我的故乡？
莫不是我要爱在这里，死在这里，
在这个绿草如茵和阳光明媚的地方？"

我明白了，我是在时间与空间的

盲目转换中永远地迷失了道路。
而在某个地方故乡的江河在奔流，
但通向那里的道路却被永远封住。

1917

亚 当

亚当啊，受尽屈辱的亚当，
你面容憔悴，眼神疯狂，
你还是无罪的吗？还在为
你摘下的那些果实而哀伤？

你是否还在怀念那段时光，
在芬芳的正午，在山上，
夏娃在你面前翩翩起舞，
那时她还是个年幼的小姑娘？

如今你体会到了劳作的艰辛，
体会到了严酷的死亡气息，
体会到了时间的疯狂，
不时想起那句"为时晚矣"。

冷酷无情的痛苦，还有
难以消除和无欲无求的羞耻，
它们慢慢地苦恼着你，
它们淫荡地折磨着你。

你曾住在天堂，但你是王者，

你以荣誉做自己的担保，
为了以往一时冲动的幸福
你的傲慢自大付出三倍的痛苦。

就为你没有成为行尸走肉，
就为你曾燃烧、探索和被欺骗，
高天之上的号角齐声吹响，
那声音如雷鸣永久萦绕在你耳畔。

命途多舛，你可以固执己见，
可以神色阴郁，面容憔悴，背驼腰弯，
但你不要再为那些果实而哀伤，
它们无法赎回，且会遭人冷眼。

1910

米哈伊尔·库兹明

　　米哈伊尔·阿列克谢耶维奇·库兹明（Михаил
Алексеевич Кузмин，1872—1936），生于雅罗斯拉夫尔的
贵族家庭，从十岁起住在萨拉托夫，在彼得堡读完中学，
尔后考入音乐学院跟里亚多夫和里姆斯基-科萨科夫学习
作曲三年。青年时期曾远游意大利和埃及，三十岁以前只
是为自己创作的歌曲写词，1905 年才开始发表诗作，
1908 年出版诗集《网》，随后又出版了《爱的钟声》《蓝
色的湖》《亚历山大诗行》《泥鸽》《异乡的夜晚》等。
尽管早期接近象征派，但其风格始终跟他们殊异：在他的
作品里看不到惶恐不安的精神寻求和神秘主义倾向，而是
对人间生活的贴近，对日常生活的热爱：字里行间充满天
真和狡黠、隐蔽的讽刺，等等。1910 年在《阿波罗》上
发表《论美妙的明快》一文，要求文学创作要讲究逻辑
和清晰，从而在创作方法上为新出现的阿克梅派奠定了基
础，但他自己并未公开宣称属于阿克梅派，库兹明以生动
的音调和节奏的更新丰富了俄语诗歌，并使自由体诗
（《亚历山大之歌》等）达到了高度的灵活。

何处能找到恰当词汇来描述

何处能找到恰当词汇来描述
散步、冰镇法国葡萄酒、烤面包
和熟透的樱桃的甜美的玛瑙？
夕阳远在天边，海上惊涛拍岸，
燥热的身体为清凉的海水而欢喜。

你温柔的目光，狡黠而富于诱惑，——
仿佛吵闹的喜剧可爱的胡言乱语，
或马里沃诡计多端匪夷所思的文笔。
你皮埃罗的鼻子和线条分明的醉人的唇
萦绕着我的头脑，仿佛费加罗的婚礼。

妙不可言和空气般轻灵的琐屑，
忽而柔情万种忽而令人窒息的夜的爱，
无思无虑的生活的轻松愉快——这一切的
精髓所在！啊，欢乐的大地，
我忠诚于你的花朵，远离顺从的奇迹！

1906

没关系，任凭细雨淋湿了我的衣裳

没关系，任凭细雨淋湿了我的衣裳；
它给我带来了甜蜜的希望。

很快，很快，我将告别这个城市，
从此不再目睹这无聊的图画。

我屈指计算着剩下的时日，
我不写作，不散步，不阅读。

我很快将动身——没必要折磨自己，
明天一早，明天一早，我将启程。

漫漫长路啊，你既令我厌恶又令我期待，
离开之日啊，你那么遥远，那么奇怪！

我向往，我害怕，我忐忑不安，
我不敢相信温柔的会面已经临近。

草地、乡村、山冈、河流一掠而过，
或许，与它们今日一别，将是永诀。

我什么也看不见，什么也不知道，——
我只能幻想这迷人的双眸和芳唇。

分别的日子里我积累了多少柔情啊——
—如我甜蜜的亲吻这般有力、深沉。

我兴奋，细雨淋湿了我的衣裳：
它给我带来了甜蜜的希望。

1906

在剧院里

过道、走廊、更衣室、
半明半暗的旋转楼梯；
谈话、固执的争论、
显得有些奢侈的门帘。

灰尘、松节油、脂粉味。
远处传来的喝彩声，
栏杆摇摇欲坠的包厢，
很容易看清台上的布景。

漫长的等待时分，
与小女演员们的闲聊，
到更衣室、休息室游逛，
再去工作室和幕后瞧瞧。

你的脚步响亮地敲打着走廊，
你的到来完全出人意料，——
啊，这步态、微笑、眼神
被赋予了几多额外的意义！

被当众亲吻的感觉真美。

怀着似乎并不真诚的亲热，
用一颗戴着镣铐的心
倾听兴味索然的迷人话语。

我多么喜欢观众厅
这发了潮的白色墙壁，
舞台上灰色的天鹅绒幕布，
还有那嫉妒的毒刺！

1906—1907

工厂池塘的潭潭静水

工厂池塘的潭潭静水，
被截断的河流的完整伤痕，
堤坝牢牢阻断了你们的奔腾。
听得见机器有节奏的轰鸣，
泥浆的气味混合硫黄的气味——
取代了被遗弃的树林和青草，
有毒的气体被均匀地吸入，
车轮的尺寸一看就清楚明了。
激流猛烈拍击，闸门瑟瑟发抖，
轮轴溅起浪花，水流四射！
旁边——建筑、裙房、花园！
所有的联盟全自行解散！
沿岸重新充满了平和：
噪音消失在大山后面，呼哨停止……
从前的水流恢复了往日的温顺，
被毒剂污染的波涛复归平静。

1907

我的祖先

搂着快活的异国女郎、
在漆黑的港口里纵酒、
迷恋远方的地平线、
有着古老姓氏的水手：
将年轻种族的全部天真
带进纨绔子弟的身姿、
模仿德奥塞和布列梅尔的
三十年代的花花公子；
同星星共饮着朗姆酒、
一再把愉快的故事——
千篇一律的东西重温、
从前为可爱的浪子、
而今神色严肃的将军；
在俄罗斯表演《穆罕默德》、
跟无辜的伏尔泰主义一起归天、
展示异地的演技和风格、
迷人但又平庸的演员；
你们——系着发带、
动情地跳着马卡尔华尔兹、
为出征的新郎把嵌着
玻璃珠子的荷包缝制、

在家中的神龛前祈祷、
用扑克牌占卜吉凶的淑女；
喜欢嘲笑别人并笃信上帝、
炫耀着自己积蓄的财富、
既能做到六亲不认
又能理解并宽恕、
冬季天还没亮就起床、
聪明而又节俭的女财主，
既温柔又放荡不羁、
融纯洁与肮脏于一身、
每天只用半小时照看孩子、
把丈夫的钱财挥霍净尽、
从小忠实于舞蹈艺术的
表演学校爱慕虚荣的女人；
还有偏远县邑的贵族、
表情冷酷的地主老爷们、
大革命时仓皇出逃、
未被送上断头台的法国人——
你们所有的，所有的人——
沉默了漫长的一世，
而今放开千万只喉咙，
大声呐喊，虽死犹生，
在我身上：最后一个可怜的
但为你们讲话的人身上
就连每滴血

都和你们如此亲近，
听得见你们的声音；
看吧，你们大家：
可爱、愚蠢、感人肺腑，
让我感谢你们吧，
为着你们无声的祝福。

1907

亚历山大之歌

（组诗节选）

1

当我初次与你见面，
贫乏的记忆并不记得：
那是在清晨还是白天，
是在傍晚还是深夜。
只记得你苍白的两颊，
浓黑的眉毛下灰色的双眼，
黝黑的脖颈上蓝色的衣领，
而且我感觉，这些我在儿时就见过，
尽管我比你年长许多。

2

你就像占卜家身边的少年：
你在阅读我心中的一切，
你在揣摩我所有的想法，
你在了解我所有的思绪，
但你的知识还不够广博，
而且话语在此无需太多，
这里不需要镜子，不需要火盆，

在我的心中和思想里
不同的声音说的只有一个：
"我爱你，永远爱你！"

3

大概，我是正午怀胎的，
大概，我是正午出生的，
所以我从小喜欢太阳，
喜欢太阳灿烂的光芒。
可自从我见到了你的明眸，
我对太阳再也不曾动心：
我何必要只爱它一个，
当你的眼睛里有两个太阳？

4

人们看得见带房屋的花园，
还有被夕阳染红的大海，
人们看得见海面的海鸥，
还有平房上的那些妇人，
人们看得见营房里的军人，
还有广场上卖馅饼的商贩，
人们看得见太阳和星星，
欢腾的小溪和闪光的河流，

而我到处只能看见
那憔悴而又黝黑的面孔，
浓黑眉毛下灰色的眼睛，
和那副无比匀称的腰身，——
情人的眼睛要看见什么，
要听睿智的心发出的号令。

5

当我清晨步出家门，
凝望着太阳不由得心想：
"它跟你是那么相像，
当你在河水中沐浴，
或者望着远处的菜园！"
当我在灼热的正午
仰望同一个炽烈的太阳，
我在想你啊，我的欢乐：
"它跟你是那么相像，
当你走在行人如织的街上！"
当你把目光投向温柔的夕阳，
你其实是来到了我的记忆中，
当你因爱抚而脸色苍白，你就会
闭上发青的眼睑沉入梦乡。

6

神学家的著作我们没有白读，
修辞家的书本我们没有白学，
我们通晓每个词语的意义，
对一切都能解释得多彩多姿，
我能在你身上找到四种美德，
当然喽，也能发现七种罪过；
我很乐意为自己获取无上幸福，
但所有词语中有一个亘古不移：
当我凝视着你灰色的双眸，
并说"我爱你"时，任何一位修辞家
能明白的只有"我爱你"——别无其他。

7

假如我是古代的统帅，
我会征服埃塞俄比亚与波斯，
我会推翻法老的统治，
为自己建造一座
比胡夫还高的金字塔
并成为整个埃及
最为荣耀的人！

假如我是个机灵的窃贼，
我会偷光孟考拉①的陵墓，
把墓碑卖给亚历山大的犹太人，
买下全部土地和打谷场
并成为整个埃及
最为富有的人！

假如我是第二个安提诺乌斯②——
淹死在圣尼罗河里的少年，
我的英俊会令所有人发疯，
在世时即会为我建造神殿，
我会成为整个埃及
最为强大的人！

假如我是伟大的哲人，
我会花掉全部金钱，
拒绝地位和职业，
看守别人的菜园——
我会成为整个埃及
最为自由的人！

---

① 孟考拉，公元前三世纪埃及法老，埃及最著名的三座金字塔之一为他
   所建。
② 安提诺乌斯（公元110—130），溺死在尼罗河里的美少年，生前为罗马皇
   帝哈德良（公元二世纪）宠爱，死后哈德良降旨奉其为神并为之兴建
   神庙。

假如我是你最后一个奴隶，
我会坐在地底，
一年或二年看见一次
你屐履的金饰，
当你偶然在牢狱旁边走过，
我会成为整个埃及
最为幸福的人！

8

我们是四姐妹，我们是四姐妹，
我们都曾恋爱，但各有各的"因为"：
一个恋爱是因为父母这样吩咐，
另一个恋爱是因为情人富有，
第三个恋爱是因为他是名画家，
而我恋爱是因为我爱上了。

我们是四姐妹，我们是四姐妹，
我们都有愿望，但各有各的不同：
一个想抚养孩子和烧菜煮饭，
另一个想每天换一套新衣，
第三个想让大家都谈论她，
而我想爱并被人爱。

我们是四姐妹，我们是四姐妹，

我们都失恋了，但各有各的原因：
一个失恋是因为丈夫死了，
另一个失恋是因为男友破产了，
第三个失恋是因为被画家抛弃了，
而我失恋是因为我失恋了。

我们是四姐妹，我们是四姐妹，
然而，我们也许不是四个，而是五个？

9

春天的时候白杨换上新叶，
春天的时候阿多尼斯①
从死亡之国返回家中……
你呢，我的欢乐，春天的时候何去何从？

春天的时候人人驾船出海，
或者骑上快马
在城外的花园四处逡巡……
而我能与何人泛舟而行？

春天的时候人人穿上新衣，

---

① 希腊神话中的植物神，美男子，每年死而复生，容颜不老，深受女性
　崇拜。

捧着花束成双结对
去草场上采撷紫罗兰……
而我，你可会命我枯坐家中？

10

难道不是真的
珍珠会在醋里溶化，
柳树能让空气清新，
咕咕的鸽鸣充满柔情？

难道不是真的
在亚历山大
论衣着的华贵
论白马和银饰的昂贵
论黑辫子的繁复和长度
无人可与我相提并论
没有谁能够比我
更善于秋波连连、顾盼生辉，
我的每一根手指
都散发着不同的香味？

难道不是真的
自从我见到了你
我什么都看不见

什么都听不见
什么都不想要，
只想见到浓眉下
你的那双大眼，
只想听见你的声音？

难道不是真的
我送给你一颗温梓果，先咬下一口，
然后派出我的心腹，
在你卖掉家产之前
偿还了你所有的债务，
并为爱情的甘醇
付出了我全部的衣装？

难道不是真的
所有这一切都是劳而无功？

然而纵使这是真的
珍珠会在醋里溶化，
柳树能让空气清新，
咕咕的鸽鸣充满柔情，——
你会爱上我的，
这同样将会是
真的，
真的！

11

这个月他们来过四个人，
但四个人中我爱的只有一个。

第一个完全为我而破了产，
每过一个时辰送我一份新礼物，
为了给我买手镯他卖掉了磨坊，
每当我跳舞那手镯就会哗啦啦作响，——
他破产了，但他并不是我爱的那一个。

第二个写了三十首哀歌献给我，
那些哀歌在罗马出现之前就远近闻名，
说我的面颊好似朝霞，
而我的发辫就好像夜的垂幕，
但他并不是我爱的那一个。

第三个，唉，第三个那么英俊，
以致他的亲姊妹为他悬梁自尽，
生怕自己爱上他而不能自拔；
他不分白天黑夜站在我门口，
苦苦恳求我开口："来吧！"可我一声不吭，
因为他并不是我爱的那个人。

而你，并不富有，也不会吟咏朝霞和夜色，
你的相貌也不英俊，
当我在阿多尼斯的节日上
给你一枝石竹，
你只是无动于衷地瞥了一眼，
然而你呀，就是我爱的那一个。

12

我不知道这是怎么发生的：
我的母亲去了集市；
我把屋子打扫干净，
然后坐到织布机前。
不是坐在门口（我发誓!），不是坐在门口，
而是坐在高高的窗下。
我一边织布一边唱；
还有什么？没有了。
我不知道这是怎么发生的：
我的母亲去了集市。

我不知道这是怎么发生的：
窗户高而又高。
大概是他搬了块石头过来，
或者是爬上了树，
或者是站在了凳子上。

他说：

"我想，这是马林果甜酒，

而这个是佩内洛帕。

你怎么会在家里？你好啊！"

——你怎么小鸟似的在房檐上爬，

怎么不在法庭上

写你热情的长篇大论。

"我们昨天游过尼罗河——

现在我头疼。"

——难得你头疼，

否则早戒除了你的夜游瘾。

我不知道这是怎么发生的：

窗户高而又高。

我不知道这是怎么发生的：

我以为他根本够不着。

"你看，我的嘴里有什么？"

——你嘴里还能有什么？

结实的牙齿，油滑的舌头，

还有脑袋里的一团糨糊。

"你看啊，我嘴上是一枝玫瑰花。"

——那算什么玫瑰花！

"想要吗，我给你，

只是你得自己来取。"

我踮起脚，

我站到凳子上，
我站到结实的织布机上，
我够到了那枝玫瑰花，
可他却耍无赖，说：
"要用嘴，要用嘴，
只能嘴对嘴，
不能用手，说妥的，不能用手！"
或许，我的嘴唇
触碰到了他，我不知道。
我不知道这是怎么发生的：
我以为他根本够不着。

我不知道这是怎么发生的：
我一边织布一边唱；
我没坐在门口（我发誓！），没坐在门口。
窗户高而又高：
何人能够得着？
母亲回到家里，说：
"这是什么，卓雅，
织了一枝玫瑰花来代替水仙花？
你脑子里装的都是些什么？"
我不知道这是怎么发生的。

13

永恒的诸神啊,
我多么喜欢这个美丽的世界!
我多么喜欢太阳、芦苇
和绿色的大海的波光
透过金合欢纤细的枝条!
我多么喜欢书（我朋友们的）,
与世隔绝的居所的宁静
和窗外
远处瓜园的景致!
我多么喜欢广场上花花绿绿的人群,
那些叫喊声、歌声和阳光,
踢球的男孩子们欢乐的笑声!
愉快的闲散之后
回到家中,
夜色渐深,
当天空星辰乍现,
我和已经久远的朋友
从灯火通明的宾馆旁边走过!
永恒的诸神啊,我多么喜欢
淡淡的忧伤,
明天到来前的爱情
对可爱的人生无怨无悔的死亡,

我以酒神的名义起誓，
以我身心的全部力量起誓！

14

多么幸福啊
在战场上死去
迎着呼啸的箭雨，
当军号吹响，
阳光照耀，
在正午时分，
为祖国的荣誉而死，
听得见周围：
"永别了，英雄！"
多么幸福啊
作为年高德昭的老者
死在那间老屋里，
死在那张
祖辈出生和死去的床上，
已经成为丈夫的孩子们
簇拥在身边，
周围听得见：
"永别了，父亲！"
但更幸福、
更智慧的是

耗尽全部家当，

为那个我恨不得

明天就忘记的女人

卖掉最后一座磨坊，

愉快的闲散之后

回到

已经卖掉的家中，

用完晚餐，

在温暖而芬芳的浴室

第一百零一次重温

阿普列尤斯①的小说，

然后打开自己的血管，

周围听不见任何告别之声；

但求有紫罗兰的芳香

吹进天花板下的长窗，

但求有霞光照耀，

但求有汽笛在远处长鸣。

15

太阳啊，太阳，

---

① 阿普列尤斯（约 124—约 180），古罗马诗人、作家、哲学家，著有小说
《变形记》（亦名《金驴记》）等。

太阳神瑞—赫里阿斯神①，
你使国王和英雄们的
内心充满了欢愉，
圣马对你嘶鸣，
赫里阿波利城的人把你礼赞；
当你光芒四射，
蜥蜴爬到石头上，
男孩们笑着走到
尼罗河里游泳。
太阳啊，太阳，
我是个憔悴的文人，
图书馆的更夫，
但我爱你，太阳，不亚于
皮肤晒得黝黑、
一身鱼腥和盐味的水手，
也不亚于
他习以为常的心
在你国王般君临
大海之上时的狂喜，
我的心在颤抖，
当你风尘仆仆、如火燃烧的光芒
流进天棚下
狭小的窗口，

---

① 瑞为古埃及太阳神，赫里阿斯为古希腊太阳神。

落在写满字迹的稿纸
和我纤细枯黄的
用朱砂为你描绘
颂歌的第一个字的手上，
啊，瑞—赫里阿斯，太阳！

1905—1908

嘎泽拉①

两只角的月亮在夜里不停对我低声说你。
走在一条漫长的路上，我的幻想中全是你！
当黄昏在天上点燃金色的夕辉，
心儿在一种奇怪的惶恐中颤抖，全是因为你。
当我的眼睛有半个昼夜没有见到你灰色的双眸，
一贫如洗的我呀，想放声大哭，全是因为你！
端着泛着泡沫的杯盏，在快乐的早晨，
每一个玩笑、每一缕思绪想的都是你，
在毫无生机的荒漠，在喧嚣不已的城市
每个缓慢的时辰、短暂的瞬间说的都是你！

1911—1912

① 源于阿拉伯、流行于中亚一带的一种抒情诗体。

我看见，庭院的窗内

我看见，庭院的窗内
母亲朝孩子俯下身去，
而孩子却叉开两条小腿，
想要用嘴巴把腿抓住。
白日对他将会多么漫长，
黑夜像是无穷无尽……
而年呢？未来岁月悠悠，
一年是另一年的惊人复制品。
他在睡梦中笑了，
像可爱的猫咪一样动人……
要知道每一位母亲都是圣母，
所有的孩子都无比圣洁！
以后工作、烦躁和欲望
会不留情面地接踵而至，
那时何处能找到一句话，
好保佑孩子不会跌倒？
老人和孩子都是智者，
只有成年人愚不可及：
有的人似乎还未开蒙，
有的人已经见到了光明。
然而，在四顾迷茫的无路之地

汲取慰藉吧：透过欲望的囚禁
你会发现——我们是神之子，
在亲人温暖的膝下偎依。

1915

霍多维茨基①

大概，柔情的霍多维茨基
将我的理想都融入了版画：
这半德国式的花园，
这有些稚气的乡村房屋，
还有这一丛丛的小檗。

下过一阵雨，神清气爽。
窗内传出平缓的轰响。
灵魂向往着（远处？高处？）
叶片上挂着水滴，
房檐上回响着鸟儿的啁啾。

雷雨在山岗后销声匿迹，
树丛中的号角给它回应，
一个眼睛圆溜溜的大叔
把印着暗花的睡衣
俯在一片花卉上方。

---

① 丹尼尔·霍多维茨基（1726—1801），波兰和德国画家，画作多取材于日常生活。

彩虹、桥、骑士，——
一切我都看得一清二楚，
湿漉漉的篱笆闪着光泽，
草场上一个马贩子
在抓捕一匹离群的马驹。

什么人来了？什么人走了？
但见一个男孩走到门廊上。
他会把晚餐忘得一干二净，
而温暖的风将长久地
爱抚那张不加遮掩的脸庞。

1916

奥西普·曼德尔施塔姆

奥西普·爱米尔耶维奇·曼德尔施塔姆（Осип Эмильевич Мандельштам，1891—1938），生于华沙的一个皮匠（后成为商人）家庭，童年时随父母迁居彼得堡，毕业于杰尼舍夫学校。1907—1910 年在索邦大学和海德堡大学旁听，1911 年起在彼得堡大学文史系读书，同时从事文学创作与古代法语的研究。1909 年开始在《阿波罗》杂志上发表诗作，加入阿克梅派。出版过诗集《石头》（1913）、《Tristia》（1922）和《诗歌集》（1928）。曼德尔施塔姆堪称一位哲理诗人，对历史有着特别浓厚的兴趣。他酷爱古希腊，深深地感受到俄国文化与希腊文化的联系，指出：正是由于这种继承关系才使"俄语成为响亮而又炽热的身躯"。他认为普希金、巴丘什科夫和巴拉廷斯基是俄国诗歌中希腊传统的代表，并对他们的创作倾注了毕生的热情：他的诗语言庄重、典雅，抒情状物精确、简练，节奏韵律优美、考究，极富表现力，是二十世纪初一位杰出的诗人。

除诗歌外，还著有散文集《时代的喧嚣》《埃及邮票》《亚美尼亚游记》以及《论诗》和《关于但丁的谈话》等。

我松手放下了

我松手放下了
无声无息的纺锤。
于是——可是被我激活——
犹如奔腾不息的波涛
它到处汹涌漫延——
纺锤啊。

一切都一样黑暗；
世上的一切
被我的手编织在一起；
于是，这不可分割的
被我操控的一体
我已经无力阻止——
纺锤啊。

1909

这些令人厌恶的蟾蜍

这些令人厌恶的蟾蜍
纷纷跳进茂密的草丛。
若不是死亡，我恐怕
永远不会知道我还活着。

你们怎么会注意到我，
尘世的生命和尘世的美？
不过她倒是提醒了我：
我是谁？我的理想是谁？

1909

寂静的林中雪地

寂静的林中雪地
响起你脚步的音乐，

仿佛缓缓移动的影子
你降临在冰冷的白昼。

冬天夜一般深沉，
雪如流苏高挂。

寒鸦在枝头栖息，
此生可谓见多识广。

迎面而来的梦
掀起腾空巨浪，

兴奋地击打着
刚刚结起的薄冰，

我灵魂的薄冰——
寂静中酝酿的薄冰。

1909?①

① 此处年份原诗即如此，本诗写作时间不确定，大约在 1909 年。

我在邪恶的泥潭中长大

我在邪恶的泥潭中长大，
摇动芦苇发出沙沙响声。
我狂热，倦怠，温柔，
呼吸着被禁止了的人生。

我不为人知，沉没在
冰冷泥泞的居处栖身，
秋天一个个短暂时刻
用飒飒之声把我欢迎。

无情的凌辱使我幸福，
在梦幻一样的生活中
我偷偷地嫉妒每个人，
又偷偷地爱慕每个人。

1910

听得真切——正在升帆

听得真切——正在升帆，
开阔的视野中空空如也，
夜半鸟儿们低回的合唱
划过那片深深的寂静。

我这么贫穷，就像大自然，
我这么质朴，就像天空，
我的自由好似幽灵，
好似夜半鸟儿的嗓音。

我看得见没有呼吸的月亮
和比画布更寂寥的苍穹，
我接受你啊，病态而又
奇怪的世界，啊虚空！

1910

温柔的黄昏。严肃的朦胧

温柔的黄昏。严肃的朦胧。
连绵的轰鸣。不绝的涛涌。
湿润的海风夹带着咸腥
用力击打着我们的脸孔。

一切都湮灭了。一切混合在一起。
波涛为海岸而大醉酩酊。
一种盲目的快乐进入我们体内——
我们的心由此而变得沉重。

黑暗的混沌震耳欲聋，
醉人的空气使人睡思昏沉，
巨大的合唱催人入梦：
长笛、短笛和定音鼓齐鸣……

1910

我开始害怕驱遣余生

我开始害怕驱遣余生——
就像树叶害怕从树上飘零，
害怕我的爱无所寄托，
害怕像块无名石头沉入水中。

害怕像在十字架上一样
把灵魂钉死在虚空，
一如身在高处的摩西
消失于西奈山上的云层。

我凝神注视着——那些将我
与一切生命联系起来的丝线
和绣着花边的存在之烟云，
我会在大理石墓碑上仔细辨认；

我会透过层层的罗网捕捉
温暖的鸟群惊恐的一震，
我要从腐烂发霉的书页上
拉近那连绵世纪的灰尘。

1910

今天是糟糕的一天

今天是糟糕的一天：
蚂蚱的合唱没了声音，
幽暗的礁崖投下的阴影
比墓地的墓碑更阴沉。

闪烁的指针的滴答声，
先知先觉的乌鸦的叫吼……
我正在做一个糟糕的梦，
瞬间一个接一个地飞走。

移开现象的边界吧，
打破尘世的牢笼
并唱响愤怒的赞歌——
叛逆的秘密的青铜！

啊，灵魂的钟摆严酷——
摆动着，执拗，无声，
厄运狂热地敲击着
我们那扇禁入的门。

1911

贝 壳

夜啊，也许你并不需要我；
仿佛没有珍珠的贝壳
从大海的无底深处
我被丢弃在你的岸上。

你平静地泛起波涛的泡沫，
并且执拗地放声歌唱，
但你会爱上、会珍惜
不被需要的贝壳的谎言。

你与她并排躺在沙地上，
给她穿上你的衣衫，
你将飘忽无定的巨大涛声
与她不可分割地相连。

你把浪花的絮语填进
脆弱的贝壳之墙，
你用雾、用雨、用风
充填这非居住的心房。

1911

我在雾中触摸不到

我在雾中触摸不到
你飘忽不定的痛苦形象。
"主啊!"——我吐口而出,
这句错话我不曾思量。

神的名,好似一只大鸟,
倏地飞出了我的胸膛。
前方——浓雾翻卷,
后面——笼子空空荡荡。

1912

游 客

我感到不可抑制的惶恐，
面对神秘的崇山峻岭。
我满意于天上的银燕，
我喜欢那钟楼的飞行！

我似乎是个古代的游客，
在拱桥上，在深渊上空
倾听雪团的生长壮大
和石钟上永恒的敲击声。

曾经如此！但我不是那个
闪现在旧书页上的游客，
我身上有忧伤的真实的歌。

不错，山里边有雪崩发生！
我的灵魂全在钟声里面，
但音乐并不能使人摆脱深渊！

1912

我恨千篇一律的

我恨千篇一律的
星星之光。
你好，拔地而起的钟楼——
我久远的梦想。

让石头成为花边，
成为蛛网；
用一根细长的钢针
刺进虚空的胸膛。

我的时辰将至——我感到
正振动翅膀。
如此——但活跃的思想之箭
将射向何方？

或许，一旦走完自己的路，
我会还乡：
在那儿——我欲爱不能，
在这儿——我爱之彷徨……

1912

彼得堡诗行

致尼·古米廖夫

在黄色的政府大厦上空
浑浊的暴风雪久久不去，
法学家又一次坐上雪橇，
用双手使劲地裹紧大衣。

轮船在冬眠。阳光下
船舱厚厚的玻璃如火点燃。
俄罗斯这个庞然大物吃力地
休息着——像船坞里的巡洋舰。

而涅瓦河两岸是海军大厦，
太阳，宁静，半个世界的使馆！
国家结实的紫红色皇袍
像苦行僧的粗衣一样寒酸。

北方的假绅士负担沉重——
那是奥涅金古老的悲伤；
议会广场上是积雪的浪涛、
篝火的烟和刺刀的寒光……

小船在汲水，而海鸥

造访着大麻纤维的库房，
那是只有歌剧中的汉子游荡
并贩卖热蜜水和小面包的地方。

一列马达飞到云雾之中；
富于自尊的谦虚的步行人——
怪客叶甫盖尼——囊中羞涩，
边呼吸汽油味边诅咒命运！

1913

粮食下了毒，空气被污染

粮食下了毒，空气被污染：
疗治创伤怎么如此之难！
被拐卖到了埃及的约瑟
从未遭受过这样的熬煎。

贝都因人在星空之下，
闭上眼睛骑在马上
编写自由不羁的英雄史诗，
吟唱惶恐不安的往日时光。

要得到天启其实所需无多：
何人在沙漠上丢失了箭囊，
何人换得了一匹马，——
世事浮沉，终归烟消云散。

而且，即便唱得再认真，
放开喉咙鼓起胸腔，最后
一切仍将销声匿迹——只剩下
这天空，这星斗，这歌手！

1913

给阿赫玛托娃

仿佛一位黑衣天使
你今天出现在我面前，
有一点我无法掩饰——
你身上有主的印记。

这是多么奇特的印记——
仿佛是上天的赐予，——
似乎是上天派定你
在教堂的壁龛里玉立。

任凭非此地的爱情
与此地的爱情融为一体，
任凭奔腾的血液
不会涌上你的双颊，

华丽的大理石的阴影
让你的褴褛更加扑朔迷离，
让领圣餐者的肉身更加赤裸，
却不能把不会发红的面颊遮蔽。

1914

我没听过莪相①的故事

我没听过莪相的故事，
没品尝过古老的佳酿；
为何我依稀见到那林中草地
和苏格兰血红的月亮？

乌鸦与竖琴的声音交相呼应，
在不祥的寂静中令人惊愕；
侍卫们脖子上系的围巾
在风中飘摆，在月光下闪烁。

我得到一笔无与伦比的遗产——
异国歌手的飘忽不定的梦；
显然，我们可以随意鄙视
自己的亲族和乏味的邻人。

或许，从子孙到子孙，
可以传承的不惟一个宝藏；

---

① 又译奥西安、奥西恩，凯尔特神话中的古代苏格兰英雄和诗人。

斯卡尔德①又编出别人的歌曲，

唱起它，就像唱自己的一样。

1914

---

① 斯卡尔德，为斯堪的纳维亚人作歌的古代歌手。

坐上铺垫着麦草的雪橇

坐上铺垫着麦草的雪橇，
身上盖一张不祥的蒲席遮风，
从麻雀山到熟悉的小教堂，
我们在巨大的莫斯科城中穿行。

孩子们在乌格里奇①玩羊拐子，
烤面包的香味飞出了烤炉。
雪橇拉着没戴帽子的我走街串巷，
小教堂里闪耀着三根蜡烛。

那不是三根蜡烛，而是三次会晤——
其中一次我还得到上帝的祝福——
不会有第四次会晤，而罗马更远，
且上帝从不肯对罗马稍加眷顾。

---

① 伏尔加河沿岸古城。伊凡雷帝死后，有王位继承权的幼子德米特里随母
一起，于1584年被同样具有王位继承权的异母兄费奥多尔送往远离莫斯
科的乌格里奇，并派人暗地里严加监视。1591年5月15日，年仅八岁的
德米特里被割喉抛尸于宫廷的院子中，这一惨剧的真相至今扑朔迷离。
据说，最有嫌疑谋害小王子的是大贵族鲍里斯·戈东诺夫。乌格里奇市
民因而发动起义，但遭到镇压。俄罗斯历史上的混乱时期由此开始。

雪橇在起伏的路面时出时没，
一大群人从游乐场乘兴而返。
干瘦的男人和凶恶的婆娘们
在大门口推推搡搡，挤作一团。

鸟群使潮湿的远方显得更暗，
被捆绑的双手又麻又酸：
王子坐着雪橇，身体冻僵——
坐垫上的麦草却被偷偷点燃。

1916

我们将在彼得堡重逢

我们将在彼得堡重逢，
似乎我们把太阳葬在其中，
我们第一次从口中说出
极乐的、无意义的词语。
在苏维埃之夜的黑天鹅绒里，
在世界虚空的天鹅绒里，
亲人的眼眸还在讴歌幸福的妇人，
不朽的花朵还在绽放。

首都弓着身子，像只野猫，
一支巡逻队在桥上执勤，
只有凶恶的汽车在幽暗中驰过，
如布谷鸟般发出咕咕的啼声。
我不需要夜间通行证，
我不惧怕站岗的哨兵，
为了极乐的、无意义的词语
我得在苏维埃之夜祈祷神明。

我听见剧院轻微的簌簌，
少女"啊"的一声惊叫——
还有库普律斯手上

那一大捧不朽的玫瑰。
我们要在篝火旁取暖，排遣寂寞，
或许，百年匆匆而过，
亲人的手将收拾起
幸福的妇人们的轻灰。

某处田畦般的红色池座，
包厢里配有豪华的小橱柜，
一只带发条的军官人偶——
不是送给黑心肠和伪君子……
也罢，也罢，熄灭我们的蜡烛吧，
在世界虚空的黑天鹅绒里，
健硕的肩膀还在讴歌幸福的妇人，
而你不会见到夜间的太阳。

1920

沉重和轻柔这对姐妹

沉重和轻柔，一对姐妹，特征相同。
肺草和黄蜂将沉重的玫瑰吮吸入口。
人终有一死。晒热的黄沙终会冷却，
人们用黑色担架把昨天的太阳抬走。

唉，沉重的蜂房和轻柔的罗网，
搬起石头，易于将你的名字重复！
在这人世间我只剩下一种顾虑：
黄金顾虑——如何解除时间的重负。

我啜饮变得浑浊的空气，如饮黑水，
时间被犁铧翻耕，玫瑰即是土地。
沉重与轻柔的玫瑰卷进徐缓的旋涡，
沉重与轻柔把玫瑰编成双重花环。

1920

你若高兴，就从我掌中拿去

你若高兴，就从我掌中拿去
少许阳光和少许蜂蜜，
听从珀耳塞福涅①的蜜蜂对我们的吩咐。

不要解开尚未加固的小船，
不要听见穿着棉鞋的影子，
不要克制对世事艰辛的恐惧。

我们只剩下这一次次的亲吻，
毛茸茸的，就像这小小的蜜蜂，
一旦飞离蜂巢，它们就会死去。

它们在透明的夜的密林中喃喃细语，
它们的故国——是茂密的泰加林，
它们的食物——是时间、肺草和薄荷。

你若高兴，就把我粗野的礼物拿去——
这一根不起眼儿的、干巴巴的项链，
它是用把蜂蜜化为太阳的死蜜蜂做成。

1920

① 希腊神话中的宙斯之女，丰产女神。

为着我不善于握住你的双手

为着我不善于握住你的双手，
为着我出卖了温柔咸涩的嘴唇，
我须在水泄不通的卫城等待天明。
那些会哭的古老木墙真让我痛恨。

亚该亚勇士们在黑暗中备马，
獠牙一般的锯齿咬住围墙；
血液的干闹怎么也无法平息，
且你不可名状，没有声响。

我怎么能想你会回来，怎么敢想！
为何我与你过早地天各一方！
黑暗还未消散，雄鸡尚未报晓，
滚烫的斧头还未劈开木障。

松脂在墙上如晶莹的眼泪流淌，
城市木质的肋骨感到疼痛难忍，
但血已溅向云梯并发起猛攻，
勇士们三次梦见那迷人的面影。

可爱的特洛伊何在？王宫和少女的家何在？

它将被毁掉，宏伟的普里阿摩斯墓穴。
一簇簇的箭矢如榛树林从地里长出，
一簇簇箭矢像木制的干雨从天上坠落。

最后一颗残星无病无痛地陨落，
早晨如灰色的燕子敲打窗棂，
缓慢的白天，如草堆上醒来的犍牛，
在因漫长的梦而变得凌乱的广场上移动。

1920

在荒僻的黄道带星座

在荒僻的黄道带星座，
在黑夜抛锚的所在，
十月干枯的树叶啊，
昏暗之暧昧的被豢养者，
你们飞往何处？为什么
你们要从生命之树上脱落？
伯利恒于你们陌生而奇怪，
更明亮的星你们没有见过。

你们没有子嗣——可惜啊！
无性的怨恨掌控着你们，
你们晚景凄凉，只得黯然
走进金碧辉煌的墓穴，
在无声无息的门槛上，
面对大自然的恣意狂暴，
非为你们，而是为星空，
永恒的人民在劫难逃。

1920

夜间我在院子里洗脸

夜间我在院子里洗脸——
粗鲁的群星在天上熠熠闪光。
星辉——好似斧头上的盐，
装得满满的水桶变得冰凉。

院门已经上了锁，
凭良心说，大地神色严峻。
未必在哪里能找得到依据
比新鲜粗麻布的真实更纯净。

星星好似盐在桶中融化，
结上薄冰的水颜色更黑，
死亡更纯，灾难更咸，
大地更真实，也更可畏。

1921

世 纪

我的世纪，我的野兽，谁能
瞥一眼你的瞳孔
并用自己的血液
将两个世纪的脊椎黏合？
作为建设者的血液喷涌而出，
从尘世之物的咽喉，
不劳而获者只能瑟瑟发抖，
在崭新时代的门口。

世间万物只要有生命，
就应该始终挺直脊背，
起伏的波涛无时不在
炫耀那副看不见的脊椎。
婴儿般的大地的世纪，
仿佛孩子柔嫩的软骨，——
生命的头颅就像羔羊
再次成为祭坛上的贡物。

为了让世纪挣脱禁锢，
为了开启新的世界，
骨节粗大的岁月的膝盖

要用长笛的乐音来包裹。
这是世纪掀起狂澜，
将人的苦闷漫天挥舞，
这是草丛中的蝰蛇
把握着世纪的黄金尺度。

幼芽还会长大，
植物还会泛出新绿，
但你的脊柱被打断了啊，
我美好而又可怜的世纪。
你，残酷而又虚弱，
仿佛曾经身手敏捷的野兽
带着毫无意义的微笑
回望自己的爪子留下的痕迹。

作为建设者的血液喷涌而出，
从尘世之物的咽喉，
如同扔出一条热鱼，
朝岸上丢出大海温暖的软骨。
冷漠从湿漉漉的湛蓝巨物，
从高天上那张鸟群织成的网
流淌下来，流淌到
你那致命的创伤之上。

1922

列宁格勒

我回到了我的城市，我多么熟悉——
它的眼泪、经脉、儿童肥大的腺体。

你回到了这里，那就赶快吞吃
列宁格勒沿河街灯的鱼肝油，

赶快辨认那十二月的白昼，
不祥的天空的焦油掺着蛋黄。

彼得堡啊，我还不想死！
你手上存有我全部的电话号码。

彼得堡啊，我还有一大把地址，
据此可以找到那些死者的声息。

我在后门楼梯间落脚，那门铃声
撕心裂肺地击打着我的太阳穴。

我彻夜不眠，等待尊贵的客人，
不断起身拨动镣铐一样的门闩。

1930

为了未来世纪响当当的勇气

为了未来世纪响当当的勇气，
为了崇高的一代新人，——
我在父辈的宴席上被剥夺了杯盏，
被剥夺了欢乐和尊严。

捕狼的大猎犬朝我扑将过来，
可我就血统而言并不是狼：
不如把我像帽子一样塞进
西伯利亚草原裘皮大衣的袖囊……

以免看见一个懦夫，脚下的一摊烂泥，
车轮下一堆血淋淋的骨头；
为了让淡蓝色的北极狐彻夜
向我炫耀它们的原始之美，——

把我带走吧，在深夜，把我带到
叶尼塞河流淌和松树高可及天的地方，
因为就血统而言，我并不是狼，
要想杀死我，得与我旗鼓相当。

1931，1935①

————————————

① 1931 年为写作完成时间，1935 年为修改定稿时间。

格奥尔吉·伊万诺夫

格奥尔吉·弗拉基米罗维奇·伊万诺夫（Георгий Владимирович Иванов，1894—1958），生于贵族家庭，1905 年进雅罗斯拉夫尔武备中学，两年后转入圣彼得堡第二武备中学，因两次留级而于 1911 年 10 月退学。这期间开始投身诗歌创作，结识了著名诗人库兹明和勃洛克，并深受他们的影响。

伊万诺夫聪颖早慧，很早就开始写诗，17 岁时出版的第一本诗集《基西拉岛朝圣》（书名取自法国画家华托的一幅名画）就是在校读书时写成的。该书很快受到勃留索夫和古米廖夫的好评，作者也很快被吸收为"诗人车间"成员，从而不费多少周折便登上了诗坛。伊万诺夫曾加入谢维里亚宁领导的自我未来派，但很快便改弦更张，投到古米廖夫的阿克梅派麾下。第二本诗集《正房》出版于 1914 年，表现了一个初涉"神宴"的青年诚惶诚恐的感受。第三本诗集《荣誉的纪念碑》（1915），收入了一些肤浅而又狂热的战争诗，伊万诺夫自称这是在用所谓的"俄罗斯风格"写作。

从伊凡诺夫的前三本诗集来看，他的创作题材单一，视野狭窄（勃洛克曾指出这个毛病），常给人以无病呻吟的感觉，很多方面都欠成熟，这一点，他自己显然也意识到了。他在第四本诗集《寻石楠》（1916）的扉页上表明为"第二本诗集",其用意即在于此。也就是说,他认为《正房》和《荣誉的纪念碑》虽然仍有脱离生活的倾向,但在技巧上却是堪称精美纯熟。

十月革命的爆发对伊万诺夫的生活和创作影响很大,使他的诗歌悲剧成分增加。1921年,伊万诺夫与第二任妻子,女诗人伊琳娜·奥多耶采娃逃往国外,先后辗转于柏林,巴黎,里加,同时以诗人和批评家的身份活跃于许多刊物上,成为俄罗斯侨民文学第一浪潮的著名代表之一,并获得了"俄罗斯侨民诗歌第一人"的美誉。1931年在巴黎出版的诗集《玫瑰》,评论家捷拉比亚诺认为这是三十年代俄罗斯诗歌的扛鼎之作。

在伊万诺夫的诗歌中,爱情诗占有相当的比重,尤其是在他晚年的爱情诗(1943—1958),清新隽永,脍炙人口,在一定程度上可以代表诗人的最高成就。

凋零的马林果和惨淡的月色

凋零的马林果和惨淡的月色
是你的，黄昏的哀朽是你的，
风吹得荒凉的山谷焦灼不安，
开始结冰的小溪泛着泡沫。

只是偶尔，伴着叮当的铃声，
绿色的车轭辚辚响过，
只是偶尔，远处的树干后面
才传来狗的吠叫、猎人的号角。

随后重归寂静……冰冷的云霞
忧伤而又残忍地缄默不语。
空气中到处弥漫着
十月的垂死的气息。

啊，天空比玛瑙还明亮

啊，天空比玛瑙还明亮：
它清澈，冰冷而空旷。
原野上的越橘如深红的血，
挂在死者的嘴角上。

淙淙的泉水流淌着忧郁的音乐，
水面上倏然滑过天鹅的倩影，
而秋天的无言的吻
越来越频繁，越来越深沉。

没人爱我！寂寥的秋天

没人爱我！寂寥的秋天！
幽暗的柠檬树枝条裸露在外。
而神龛后面是一把沉甸甸的麦穗，
没精打采，落满尘埃。

我讨厌潮湿的秋天这说不清的感觉，
我像驱赶睡眠一样驱赶梦魇。
我用一把小刷子把指甲刷光，
凝神倾听古老的复调音乐。

沉闷的音乐柔和而又缥缈，
编织着人们虚妄的幸福，
在湖边，一群没有灵魂的天鹅
滑过却又不曾激起涟漪。

夜色澄明，繁星满天

夜色澄明，繁星满天。
我独自待在冷寂的大厅，
这里的空气中弥漫着
凋谢的杜鹃残留的香馨。

一种无名的烦恼折磨着我，
这便是对不可能的事物的憧憬。
昏暗的大厅——啊，多么昏暗乏味！——
悄声告诉我：我的美梦已经苏醒。

空空荡荡的穿廊式房间
和旧画廊里的那些肖像画
记得多少隐秘和温存的童话啊，
尽管它们不会告诉任何人。

但愿我能理解它们的言语！
可是，唉！我的幻想力不从心。
褪了色的，落满灰尘的窗帘上
斑驳的月光刺痛了我的眼睛。

以往岁月的柔情之诗

比象形文字更神秘莫测。

一切是这么冷淡、晦暗和静默。

幻想啊——是西绪福斯的徒然劳作。

雪已经开始发黄，融化

雪已经开始发黄，融化，
门廊上已经挂不住冰凌。
我隐约感觉，我要在这儿
驱遣余下的朴素人生。

在这间地主的老宅里，
脚下的地板发出吱嘎之声，
一切凝固了，凝固在一种
单调的度日如年的倦怠中。

可爱的情影在心中复活了，
往日的时光又呈现在眼前，——
多好啊，躺在安乐椅上
不时地为过去而长吁短叹。

还有，在静谧的黄昏凝视窗外，
做一些轻松愉快的白日梦，
活在一种稍纵即逝的烦恼中——
我清楚，也并不觉得难为情。

我的苦恼无法抑制

我的苦恼无法抑制，
执着的幻想无法驱散：
步履缓慢的夜已经
推出自己黑色的幽灵。

空荡荡的苍穹发出低语，
告知痛苦的时辰已经临近。
红色的影子交织在一起，
在太阳的血红的圆盘上空。

我的烦恼，我的苦痛，
越来越难以忍受。
我从花岗岩台阶上走下来，
朝太阳伸出双手。

唉，远处燃烧的夕阳
无言无语，一如我的忧愁。
要知道，它和这些云彩
只不过是黑暗胜利的前奏。

真好，没了沙皇

真好，没了沙皇。
真好，没有了俄罗斯。
真好，没了上帝。

只有枯黄的晚霞，
只有冰冷的星星，
只有绵延的岁月。

真好，谁都没了，
真好，啥都没了，
如此黑暗，如此沉闷，
以致不能再黑暗，
以致不能更沉闷，

以致没人拯救得了我们，
我们也不需要拯救。

致伊·奥（你没听清，我没重复）

你没听清，我没重复。
彼得堡，四月，落日时分，
夕辉，波涛，岸边的石狮……
　　涅瓦河上吹来的微风
　　替我们把要说的话说尽。

你嫣然而笑，你没明白
等待我们的是怎样的命运。
稠李花在你的臂腕中开放……
　　我们的人生已经走完，
　　唯有此刻会永久留存。

在世上游荡多么寒冷

在世上游荡多么寒冷，
躺在棺椁中更加寒冷。
记住这一点，记住这一点，
不必诅咒自己的命运。

你还没有读勃洛克，
你还没有凝视窗外，
你还不知道何时大限——
一切还不清楚，一切都很残酷，
一切都是命中注定。

生命当然是美好的，
死亡当然是可怕的，
令人厌恶的，恐怖的，
可世间万物都是一个价。

记住这一点，记住这一点
——点滴的生命，点滴的光明……
"唐娜·安娜！没有回答。
安娜，安娜！寂静无声。"

维利米尔·赫列勃尼科夫

　　维利米尔·弗拉基米洛维奇·赫列勃尼科夫（Велимир Владимирович Хлебников，1885—1922），生于旧俄阿斯特拉罕省一个自然学者家庭，曾先后就读于喀山大学和彼得堡大学，大学未毕业便全身心投入创作。1908年发表处女作，1912年与布尔柳克、卡缅斯基和马雅可夫斯基等共同发表未来派宣言《给社会趣味一记耳光》，从而成为未来主义运动主要发起人和重要诗人之一。第一次世界大战爆发后应征入伍，在步兵团饱尝战争之苦，这对诗人产生了相当大的影响。

　　赫列勃尼科夫早期的创作具有实验性质，他大胆革新诗歌语言和形式，被马雅可夫斯基誉为"发现新诗大陆的哥伦布"。至今仍有许多人认为他是"诗人的诗人"。赫列勃尼科夫对大自然有敏锐的感受，对事物有新奇的理解，对语言有特殊嗅觉，他根据自己的理论创作，赋予音响因素以意义联想，这一技巧是俄语诗歌中的首创，为许多大诗人所借鉴。赫列勃尼科夫还热衷于幻想式推理，试图发现历史发展的数字规律并创造一种"星空语言"或"世界语言"，即概念的文字，"理性的字母"。

　　总之，赫列勃尼科夫堪称未来主义大师。

时间芦苇

时间芦苇
在湖之岸上，
在那里石头成为时间，
在那里时间成为石头。
在岸之湖上
时间、芦苇
在湖之岸上
神圣地喧嚣。

1908

云彩飘游着号哭着

云彩飘游着号哭着，
在高远高远的天上。
云彩投下一片阴翳，
在忧郁忧郁的远方。
云彩撒下一片阴翳，
在忧郁忧郁的远方。
云彩飘游着号哭着，
在高远高远的天上。

1908

"博白奥比,"嘴唇唱道①

"博白奥比,"嘴唇唱道,

"歪艾奥米,"眼睛唱道,

"皮艾艾奥,"眉毛唱道,

"利艾艾艾伊,"面颊唱道,

"格兹格兹格泽奥。"项链唱道。

如此,在由某些相应构成的画布上,

在时空之外,生活着一张脸庞。

1908—1909

---

① 立体未来派曾在自己的宣言里宣称要赋予元音和辅音以特定含义,如元音代表时间和空间,辅音代表声音、色彩和气味等。根据赫列勃尼科夫的想法,字母 Б 代表红色,字母 В 代表蓝色,字母 П 代表黑色,字母 Л 代表白色,字母 З 代表金色,因此,将它们在本诗中所连同的元音按音节译成汉语,则"博(Б)……""歪(В)……""皮(П)……""利(Л)……""格兹(З)……"的意思不言而喻,但这五个音响组合是何含义,仍颇费思量。

黄昏。乱影

黄昏。乱影。
帷幔。慵懒。
我们安坐，啜饮黄昏。
每只眼睛里——都有麋鹿驰奔。
每条视线中——都有箭矢飞行。
当日落时分全世界都在发情，
小小店铺中飞出一个小小男孩，
伴随着一声叫喊："快去快回！"
与其说我右，毋宁说我在右首，
与其说我在左首，毋宁说我是词首。

1909

我不知道地球是否旋转

我不知道地球是否旋转，
这取决于词句能否被写进诗篇。
我不知道猴子是否是我的祖先，
因为我不知道我是否想吃甜或酸。
但我知道我想沸腾我想
让共振把我手上的脉管同太阳相联。
但我希望星星之光来亲吻我眼睛之光，
就像鹿亲吻鹿一般（哦，它们有多美的双眼！）。
但我希望当我颤抖时就让
这颤抖加入整个宇宙的共颤。
我还愿相信会有某种东西存在某种东西留下，
比如说，当时间取代了心爱姑娘的发辫。
我还想从联结着我的公因子括号里取出
太阳、天空和珍珠般的尘寰！

1909

我们想对繁星称"你"

我们想对繁星称"你"，

我们厌倦了对繁星称"您"，

我们尝到了咆哮的美妙。

像奥斯特拉尼察①一样威严吧，

普拉托夫②和巴克拉诺夫③，

够了，别再对

异教徒的丑脸卑躬屈膝。

让那些领导者吼叫吧，

把口水唾到他们眼睛里去！

坚定自己的信仰吧，

就像莫罗森科④一样。

啊，追随斯维亚托斯拉夫⑤吧——

面对强敌这样说："吾往矣！"

北方的雄狮啊，你们在缔造

---

① 奥斯特拉尼察，17 世纪上半叶乌克兰首领，1638 年反抗波兰统治起义领
  导人之一。
② 马特维·普拉托夫（1753—1818），顿河哥萨克军队领导人，将军，参加
  过 18 世纪末至 19 世纪初俄国所有的战争。
③ 雅科夫·巴克拉诺夫（1809—1873），俄国将军，参加过高加索战争。
④ 乌克兰历史歌谣中的英雄人物。
⑤ 斯维亚托斯拉夫·伊戈列维奇（942—972），诺夫哥罗德大公、基辅大
  公，战功显赫。

黯淡无光的荣耀。

叶尔马克①和奥斯利亚比亚②

率领祖先就站在我们身后。

飘扬吧，飘扬吧，俄罗斯旗帜，

引领我们穿过陆地和水域！

去那祖国精神已灭绝之地，

去那缺乏信仰的荒漠，

勇敢前行吧，就像弗拉基米尔大公③，

就像率领侍卫军的多布雷尼亚④。

1910

---

① 叶尔马克·齐莫菲叶维奇（1532—1585），哥萨克首领，曾为俄国政府攻打西伯利亚。

② 罗季翁·奥斯利亚比亚（？—1380），军人僧侣，谢尔吉圣三一修道院修士，被列为俄罗斯正教圣者。曾随军为德米特里·顿斯科伊大公军队抗击鞑靼人祈祷，参加过库里科沃战役。

③ 弗拉基米尔大公（约956—1015），诺夫哥罗德大公、基辅大公，在位期间基辅罗斯接受基督教。

④ 弗拉基米尔大公手下部队长官。他有可能就是俄罗斯民间传说中的勇士多布雷尼亚·尼基季奇的原型。

两棵被摧折的白杨

两棵被摧折的白杨，
如刺向天空的一对匕首，
一望无际的辽阔大地
如一个死者躺卧在四周。
白色的宫殿兀自耸立，
被投入昏暗和渴念。
看啊，一只孤独的小舟
在金色沙坡哗然靠岸。
一个少女迎了上去，
飘飘的长发裹住了玉体，
她把双手搭在他的肩上，
笑容可掬地说出自己的名字。
她带他去做温柔的消遣，
这穿着深红色粗布衫的男子。
而到了清晨，女友又将他无上幸福
而又千疮百孔的尸体推进海里。

1911

我仔细谛听你们，数的气味

我仔细谛听你们，数的气味，
在我眼里你们穿着兽皮，打扮成野兽的模样，
一只手撑在拔倒的橡树之上。
你们慷慨馈赠——宇宙之峰的蛇形运动
与扁担的舞蹈之间的统一。
你们允许我把绵延的世纪理解成某人狂笑不已的牙齿。
理解成此刻以先知形象张开的我的瞳孔。
让我了解我将是什么，当他的被除数——是一个个位数。

1912

被何人驱使？我焉能知道

被何人驱逐？我焉能知道！
是一个问题：生活中的吻究竟有几多？
是罗马尼亚女郎，多瑙河的女儿，
或是一首有关波兰美人儿的古老的歌，——
我跑进丛林，跑进峡谷，跑进深壑，
我住在那里，透过雀儿的聒噪，
似雪白的光束，熠熠生辉的羽翼
向着敌人们炫目地闪耀。
看得见世人命运的车轮，
我，如天上的一块石头，沿着
并非我们的、火星四溅的道路驰奔，
向沉睡的人们发出可怕的呼啸。
当我在霞光的旁边坠落，
人们慌作一团，大惊失色。
一些人要我销声匿迹，
另一些人则求我发光发热。
在南方草原的上空，犍牛们
摇晃着黑色犄角的地方，
一个苍白的魔鬼捻着下巴上的胡须，
拖曳着闪电的花环，飞向
北方——北方，在那里

每一棵大树都仿佛竖琴在歌唱：

他听得见长毛丑八怪的吠叫，

他听得见击打煎锅的声响。

他说："我是一只白鸦，孤立无援，

但一切——黑色怀疑的压力

和白色闪电的花环——

为了一个幻影，我会统统抛弃。

我要腾入高空，飞进白银之国，

我要成为高亢的善的信使。"

井中的水是那么想要

闹一场分裂，向井外奔涌，

好让泥潭中映照出

系着金色装饰的缰绳。

仿佛一条逶迤的细蛇，

水儿奔流，行色匆匆，

她是那么想要，那么想要

做一次逃亡，向四处延伸，

好让黑眼睛的少女

她辛苦得来的高筒靴①

变得更绿，更加俏丽动人。

呢喃的细雨，欢愉的呻吟，

脸上因羞涩而浮起的红晕，

---

① 高筒靴，原文为 чеботы，该词地域色彩很浓，在乌克兰和俄罗斯某些地区，当地人也以此称呼一种兰花。此处可能一语双关。

那些三面围起的农舍、窗户，
饱足的牲口们发出的吼声。
扁担上扎着一朵小花，
蓝色的小河边停着一只小船。
"拿去吧，又给你买了块披肩，
我腰包鼓鼓的，不怕花钱。"——
"他是谁，他是谁，要干什么？
这双手真够粗野和毛糙！
可是要在爹爹的家门口
放开嗓门把我肆意嘲笑？
或许？或许我会答应
那个帅气的黑眼睛青年，——
关于众人的满腹狐疑，——
我是否该向父亲抱怨？"
唉，我就是这好冲动的命！
然而，我们何必老琢磨用嘴唇，
用那灼人的烈焰
拭去被墓地驱赶的灰尘？

此时此刻，我正飞向一个多难之地，
好似一只郁郁寡欢的老鹰。
当我以老者的目光俯视地上的喧嚣，
就在这刹那间，我看到了他们。

1912

夜幕下的庄园，似成吉思汗

夜幕下的庄园，似成吉思汗！
喧哗吧，蓝色的白桦林。
夜的紫光，似查拉图斯特拉！
而蓝色的天空，似莫扎特！
云的半明半暗，似戈雅！
你呀，夜间的云，似罗普斯①！
微笑的龙卷风以吼叫之利爪
哈哈大笑着飞掠而过，
这时我看见一个刽子手，
我壮起胆来环顾寂静的夜色。
我将你们这些孔武的勇敢者召回，
我让那些溺亡的女子起死回生。
"他们的勿忘我比喊声响亮。"
我对夜里的帆影说道。
地轴又泼出了一个昼夜，
黄昏的庞然大物正在降临。
我梦见一位鲑鱼姑娘，
在夜间瀑布的波涛里。

_____

① 费利西安·罗普斯（1833—1898），比利时画家，其风格将自然主义、色
情因素与象征主义熔于一炉。

让风暴下的松林似马麦①吧，
让乌云移动起来似拔都②吧，
言语——缄默之该隐正在到来，
而这些圣言将会纷然坠落。
湛蓝的哈斯德鲁巴③率领卫队
步履沉重地走向石头舞会。

1915

---

① 马麦（？—1328），青帐汗国及金帐汗国的军事强人，传说为成吉思汗后
裔。1380年率军在顿河流域的库里科沃原野与德米特里·顿斯科伊大公
所率军队展开决战，结果大败。
② 拔都（约1208—1256），成吉思汗之孙，曾率军西征，横扫包括俄罗斯在
内的东欧。
③ 哈斯德鲁巴（卒于公元前202年），迦太基统帅，汉尼拔之弟。在第二次
布匿战争中发挥过重要作用。

一束黄色的毛茛

一束黄色的毛茛。

闪电张开歹毒的瞳孔。

一个女人丢掉苍白的花朵。

接着窗口的眼睛纵身跳到

高亢的轭下，发出叮当的响声。

潮湿的书籍字迹发黄。

乌云颜色变深，变得更加青幽。

两座城堡跌倒在听觉领域。

一个强壮的雌性动物撒腿逃走。

大雷雨啊，这是你。

花儿们纷纷垂下了头。

1915

饿狼在那里血淋淋地嚎叫

饿狼在那里血淋淋地嚎叫：
"嘿，年轻人的肉可真够美味！"
母亲说："我再没有儿子了。"——
我们这些老人，清楚我们的作为。
莫非年轻人真的变得廉价了？
还不如一块地、一桶水和一车煤？
你啊，挥镰割草的白衣女人，
黝黑，健壮，干起活来厚颜无耻。
"年轻人死了！年轻人死了！"——
城市的呻吟在各个广场上漫溢。
喜鹊和百舌不正是这样传播消息？——
该把它们的羽毛缝在帽子上。
出过小册子《最后的麋鹿之歌》的那个人
双腿被层层捆绑
与一张银色的兔皮一起倒挂在
摆着酸奶油、牛肉和鸡蛋的地方。
布良斯克汽车跌了，曼塔舍夫石油涨了，
再没有年轻人了，再没有晚餐时的谈话
和我们的黑眼睛国王。
要知道，我们爱戴他啊，我们需要他。

1915

少男少女们啊，回忆一下

少男少女们啊，回忆一下，
今天我们见到了何人何事，
何人的目光和嘴唇已面目全非，——
而你们昨天和前天还满心欢喜。
你们大难临头了，高枕无忧的居民，
皱纹深深的和平与瘟疫的居民，
就像你们用疫病的盘子
端出了堆积如山的男人。
万一他站了起来，
爱司会给他拿来一副头骨，
永久的与平和的，先于生命！
这是死亡前去统计
蛆虫们对食物的满意度。
要明白啊，人们，世上有羞耻二字，
西伯利亚的森林都给你们做拐杖也不够用，
还是从斐济岛请来
那些皮肤黝黑神情抑郁的老师，
并经年累月地学习
如何用人手做一道美食。
啊不，朋友们！
让我们庄严地走向

一身长毛杀人如麻的战争巨人。
让我们一如既往，勇敢地呐喊：
"无耻的猛犸，等着长矛穿心！
竟然把男人当猎物，活剥生吞。"
你们还没有登上我的大陆！
纵使这绝对新鲜闻所未闻，——
和平葬礼的五套车悄然无声。
迈起铿锵的脚步吧，保护好那个深深的秘密，
就像用护罩保护乌黑的耳朵。
我相信，我相信，终有一天
佛祖或安拉会大吼一声："够了！"

1917

亚细亚

始终为奴，却将诸王的祖国
放在黝黑的胸间
并用国家的标志
代替耳环。
忽而是仗剑少女，不曾怀胎，
忽而是戴罪之身——制造骚乱的老妪。
你翻转那本书的书页，
上面是大海的粗笔写就的字迹。
夜间的人们以墨水引人注意，
那惊叹号是枪毙国王时的呐喊，
那逗号是军队的胜利，
那省略号是田野的狂放不羁，
而那括号——是民众有目共睹的愤怒
和千年的裂隙。

1921

我与俄罗斯

俄罗斯给了成千上万的人以成千上万的自由。
好事情！人们将久久牢记这一善举。
而我干脆脱掉衬衣，
我头发的每一幢镜子般的摩天楼
以及城市躯体的每一个孔隙
都挂起了壁毯和大红的布匹。
我的国家的千家万户
头发卷曲的男公民和女公民们
纷纷在窗前聚集。
奥尔加们和伊戈尔们
不用订单就可以
透过肌肤观赏太阳，为之欢呼雀跃。
衬衫的牢狱瓦解了，
而我干脆脱掉衬衣——
让我的人民接受阳光的沐浴。
我站在海边，赤身裸体。
我给了人民和那群皮肤晒得黝黑的人
享受自由的权利。

1921

罗斯，你整个就是严冬里的一个吻

罗斯，你整个就是严冬里的一个吻！
夜间的道路蓝光莹莹。
被闪电连起的一对嘴唇蓝光莹莹。
他和她一道蓝光莹莹。
每到夜暗时分，便有一条闪电
不时从一对嘴唇的亲热中升空。
没有感觉的闪电蓝光莹莹，
灵巧地骤然间跑遍两人的皮袄。
而夜色闪烁，青幽而又聪明。

1921

弗拉基米尔·马雅可夫斯基

弗拉基米尔·弗拉基米洛维奇·马雅可夫斯基（Владимир Владимирович Маяковский，1893—1930），是我国读者熟知的俄罗斯与苏维埃诗人，十月革命和苏维埃政权最著名和最热诚的歌手。

马雅可夫斯基早年是个未来主义者，是未来主义的主要发起人和参加者之一。1913 年他同布尔柳克、赫列勃尼科夫和卡缅斯基共同发表未来派宣言《给社会趣味一记耳光》和《鉴赏家的陷阱》等，要求同传统进行彻底决裂，打破词法和句法常规，扩大词汇（包括造新词），随意使用标点符号，赋予诗歌以新的、更自由的节奏；还"命令"实行"艺术民主化"，即把诗歌与绘画从沙龙和展厅迁移到广场、街道、公共汽车、墙壁等上面来，使艺术能够接近每一个人，以实现"艺术面前人人平等"。马雅可夫斯基为什么采用"楼梯式"分行以及为什么诗人要面向听众朗诵自己的诗，其原因盖出于此。

我国对马雅可夫斯基的译介很多，但偏重十月革命后的创作，而对诗人早期即作为未来派诗人时期的作品，译介尚不充分。

夜

红色和白色被抛出，揉成一团，
朝绿色掷出一把把的威尼斯金币，
而将一张张闪闪发光的黄色纸牌
分发给聚拢来的窗户的黑色手掌。

见到建筑物上披挂的蓝色托加，
街心花园和广场并不觉得奇怪。
灯火仿佛是一块块黄色的伤疤
早早地给奔跑的双腿套上脚镯。

人群——这只腿脚敏捷的花猫——
弓着身移动，被吸进一扇扇大门；
谁都想从那铸成一团的笑声里
捞走一票，分得哪怕少许一杯羹。

我，感觉到衣裙招引的脚爪，
把微笑生硬地塞进它们的眼睛；
几个黑人，令人毛骨悚然地狂笑，
头上插着五颜六色的鹦鹉翅膀。

1912

晨

阴沉的雨使眼睛歪斜。
而在
思想之导线
清晰的
铁栏后面——
一床毛褥。
在
褥子上
轻松地支撑着
初升的群星的脚足。
可是路灯
和戴着天然气冠冕的王者们的
毁
灭
为眼睛创造出
一个更加病态的
街心花园的妓女的
充满敌意的花束。
打情骂俏的
咯咯笑声
令人毛骨悚然——

从有毒的
黄玫瑰中
迂回曲折地
长出。
眼睛愉快地
瞥过
一片喧嚣
和恐怖：
东方
正将一切丢进
一只熊熊燃烧的花瓶——
那些受难、从容、冷漠的
十字架的
奴隶
以及那些妓院的
坟墓。

1912

港 口

便便大腹趴在海水的床单上。
白色的獠牙将它撕成波涛。
喇叭在吼叫——似乎是人们
在用铜管把爱欲铸造。
小艇在入口处的摇篮里
依偎着钢铁母亲的乳房。
汽轮已经失聪的双耳上
锚链的耳环闪闪发光。

1912

街头即景

磨烂的面孔已发霉的帐篷中
酸果从小贩托盘的伤口流出，
而通过我，在月亮的青鱼上
跳跃着一个色彩斑斓的字母。

我叫喊着捶打脚步的木桩，
把战栗扔进街道的方块里。
疲倦的有轨电车的运行
同闪光的拷贝交织在一起。

独眼广场拾起唯一的眼睛，
偷偷摸摸地凑到我跟前。
天空注视着白色的天然气，
用它那张无眼怪蛇的脸。

1913

从街道到街道

街
道。
岁月的
短毛大猛犬
旁边
张张面孔
清晰可见。
穿
过
一匹匹铁马
第一批立方体
从延伸开去的房屋的窗户
跳到了地面。
脖子上挂着铃铛的天鹅啊，
在导线的套索中腐烂！
天上长颈鹿的图画
要把生锈的额发点缀得色彩斑斓。
不加修饰的
耕地的儿子
五颜六色，淡水鲑一般。
魔术师

从有轨电车的嘴里拉出

一对铁轨，

并在塔楼钟盘后面隐身。

我们被征服了！

浴缸。

灵魂。

电梯。

灵魂解开胸罩。

手臂烧灼肉身。

叫吧，别喊：

"我不要！"

宰割的痛苦

令人

五内俱焚。

带刺的风

为烟囱

挖掘出

灰黑的绒线一把。

秃顶路灯

淫荡地

将黑色的长筒袜

从街道身上扯下。

1913

说说彼得堡

眼泪从房顶爬进烟囱，
给河手臂描画条形地；
而把石奶头插到
苍穹垂挂着的嘴唇里。

天空安静下来，变晴：
全身湿透的放牧者
朝海盘闪光的地方驱赶
涅瓦河的双峰骆驼。

1913

我

1. 沿着饱经碾压的

沿着饱经碾压的
我灵魂的路面，
精神错乱者的脚步
编结着坚硬词句的脚踵。
在一座座城市
被悬挂起来
和一座座塔楼
弯曲的颈项
凝固于
白云的绳扣中的所在——
我独自前行，
去大声哭告
宪兵们
被钉上了十字架①。

2. 简单说说我的妻子

月亮在天上行走，

---

① 此处的"十字架"有的版本作"十字街头"。

似遥远的未知海洋的沙滩浴场，
这就是我的妻子。
我棕色头发的情人。
一辆轻便马车背后
叽叽喳喳地尾随着一个缤纷的带状星群。
它们以车库做花环，
以报亭为亲吻，
而后摆的银河如摇头晃脑的侍从
用浮华的光点装饰自己。
而我呢？
眉毛的摇柄从井的眼睛里
为着火者提起清冽的水桶。
你可是悬垂于湖水的锦缎之中，
大腿放歌如琥珀的小提琴？
你并没有把林中仙鸟如光点般
掷向偏远地区那些愤怒的屋檐。
我在街心花园中沉沦，满脸是沙土的苦闷：
须知这可是你的女儿啊——
咖啡因
透花长袜中的
我的歌吟！

3. 简单说说我的妈妈

我有妈妈，在矢车菊墙纸上。
而我高视阔步，在开屏的孔雀中间，

每走一步，对头发蓬乱的甘菊都是一次折磨。

黄昏吹响生锈的双簧管，

我移步窗前，

我相信

我会再次见到

落在房子上的

那片云彩。

而生病的妈妈那里，

从床头直到空荡荡的角落，

会有一阵轻微的人声掠过。

妈妈知道——

这是一堆疯狂的念头

从舒斯托夫工厂①的屋檐下钻出。

当我的额头，扣着一顶细毡帽，

被渐渐暗淡的窗框划得鲜血直流，

我要用男低音推开风的吼叫，

然后说：

"妈妈。

假设我会心疼

您那装满痛苦的

被云彩舞蹈的鞋跟打碎的花瓶，——

可有谁会去爱抚

---

① 指著名商人舒斯托夫父子公司在莫斯科开设的酿酒厂。

阿方索①橱窗里被招牌折弯的金手臂？……"

4. 简单说说我自己

我喜欢观看孩子们如何死去。
在苦闷的长鼻后面
你们有没有发现笑声的灰色大潮？
而我——
在街道的阅览室里——
如此频繁地翻阅棺材的长卷。
午夜
用湿漉漉的手指
摸索着我
和扎得结结实实的篱笆，
发了疯的教堂携着暴雨的水滴
在光秃秃的圆顶上驰骋。
我看见，基督从圣像画上逃脱，
泥泞哽咽着亲吻他长衫风尘仆仆的衣襟。
我对一块砖头呐喊，
我把狂怒的语言的匕首
刺向天空的赘肉：
"太阳啊！
我的父亲！

---

① 指意大利裔商人阿方索家族开设的百货商场，在莫斯科和彼得堡均有
分店。

发发慈悲吧，不要折磨我！
是你把我的血抛洒于尘世之路。
是我的灵魂
如撕碎的云片挣扎在
烧得精光的天空里，
钟楼锈迹斑斑的十字架上！
时间啊！
任凭你这跛脚的圣像画匠
把我的脸胡乱涂抹成
一个世纪丑鬼的神龛！
我是那么孤独，仿佛一个走向失明的人
残存的最后一只眼睛！"

1913

因为疲劳

大地啊!
让我用镶嵌异国金饰的嘴唇的褴褛衣
吻遍你渐渐秃顶的头颅。
让我用锡眼大火上方头发的烟雾
缠绕沼泽凹陷的胸脯。
你啊!我们——两个,
被死亡所囚禁的马嘶高高扬起,
被扁角鹿刺伤和驱逐。
来自屋后的烟雾伸出长手追赶我们,
用沉渣把腐烂在大雨中的火眼激怒。
我的姐妹啊!
在即将流逝的世纪的收容院里,
也许,我会找到我的生母;
我把号角扔给她——这号角
被歌声摧残得血肉模糊。
一条沟渠,绿色的搜寻者,
在田野上跳跃,发出阵阵蛙鸣,
用肮脏不堪的道路的绳索
把我们牢牢地捆缚。

1913

在汽车上

"多迷人的夜色!"
"这
(指着一个姑娘),
就是
昨晚那个?"
在柏油马路上谈起来:
"邮
局
跑到轮胎上去了。"
城市突然翻个底朝天。
醉汉爬到了帽子上。
招牌大大地张开恐怖。
一会儿
吐出个"O",
一会儿
吐出个"S"。
而在山顶
漆黑的哭声响起
和怯懦的城市
爬过来的地方,
不得不信:

"O"皮肤松弛，
"S"坏得温顺。

1913

城市的大地狱

一洞洞窗口将城市的大地狱
分解成一间间吮吸光明的小地狱。
红发的魔鬼汽车昂首挺胸，
在耳根下炸响一声声鸣笛。

而在那卖刻赤青鱼的招牌下
一个健硕的小老头在寻找眼镜，
当傍晚龙卷风袭来，有轨电车
在滑跑中扬起瞳孔，他大哭失声。

在摩天大楼的洞穴中，矿石燃烧
和钢铁列车砌出的通道的所在——
一架飞机吼了一声，坠落在
清晨的太阳的眼睛流出的地方。

这时——夜揉皱了街灯的床单，
尽情发泄爱欲，陶醉而淫荡，
而在街道的那些太阳后面，在某处
蹒跚着一轮谁都不需要的萎靡的月亮。

1913

给你们尝尝

再过一小时你们肥得流油的脂肪
将逐一流入那些清洁的小巷，
而我为你们打开了如此之多的诗句的宝盒，
我——是价值连城的诗句的挥霍者。

你们这些男人啊——胡须上挂着菜叶，
肯定是刚在哪里喝了剩下的菜汤；
你们这些女人啊——脸上脂粉涂得厚厚，
仿佛一只只牡蛎，从物质的贝壳里张望。

你们这些肮脏的男女，穿套鞋和不穿套鞋的，
全都扎堆一齐扑向诗人心灵的蝴蝶，
这群兽性大发的人将摩肩接踵，
像长着一百个脑袋的虱子竖起细腿。

可假如我这个桀骜不驯的匈奴人
今天不愿意在你们面前挤眉弄眼，——那么
我会仰天大笑，快活地朝你们脸上吐口水，
我——是价值连城的诗句的挥霍者。

1913

毕竟这般

街道坍塌了，如梅毒患者的鼻子。
色欲的河流涎着口水四处泛滥。
花园丢弃身上的内衣，一丝不挂，
放纵地在六月里躺倒，仰面朝天。

我走出屋子，步入广场，
陷入一片火海的街区
仿佛戴上了褐色的假发。
人们心惊胆战——从我的口中
一声没被嚼烂的呐喊移动着双脚。

但我不会受到责难，不会受到谩骂，
人们会像对待先知一样，用鲜花为我铺路。
所有这些塌了鼻子的人，他们知道
我——是你们的诗人。

我害怕你们的末日审判，一如害怕下等酒馆！
那些妓女们会把我当作独一无二的圣物
抱在手上，穿过一栋栋火光四起的房屋，
并会向上帝证明自己的无辜。

连上帝也会为我的诗潸然泪下！
他会腋下夹着我的书，在天上狂奔，
并气喘吁吁地念给每一个认识的人：
字字泣血啊，这分明是用痛苦的痉挛写成！

                              1914

宣战了

"卖晚报！卖晚报！卖晚报！
意大利！德国！奥地利！"
一股殷红的血流喷洒在
黑暗①阴郁地描画出来的广场上。

咖啡馆把自己打得头破血流，
被野兽般的嚎叫攫住：
"我们要用鲜血击溃莱茵河的把戏！
用炮弹的雷鸣粉碎罗马的大理石宫殿！"

被刺刀剑扎得千疮百孔的天空
星星的泪水如面粉在筛子中过滤，
被脚掌踩住的怜悯之心尖叫着：
"哎哟，放开我，放开我，放开我！"

青铜的将军们在打磨过的基座上
苦苦哀求："打开我们的镣铐吧，我们要参战！"
依依不舍的骑兵们铿锵吻别，
步兵们渴望着杀人——夺取胜利。

---

① 俄语"黑暗"（чернь）一词也有"庶民"的意思，此处一语双关。

大炮低沉的狂笑声在睡梦中
突然造访了庞然大物般的城市。
而西边有红色的雪纷纷坠落,
仿佛被绞碎的人肉血淋淋的碎末。

广场旁边步兵的队伍在膨胀,
怒不可遏的女人额头血脉偾张。
"等一下,让我们到维也纳的街心花园
用高级妓女的丝衣把钢刀擦亮!"

报贩子扯破嗓子:"买份儿晚报吧!
意大利!德国!奥地利!"
黑色阴郁地描画出来的夜幕中
一股股殷红的血流淌了出来。

1914 年 7 月 20 日

妈妈和被德国人杀害的一个夜晚

漆黑的街道上痉挛地躺着
惨白的母亲们，如棺椁上的白绫。
人们的悲哭化为打败敌人的呐喊：
"啊，快遮住，快遮住报纸的眼睛！"

一封信。

妈妈，大点声！
烟。
烟。
还是烟！
您对我嘀咕什么，妈妈？
您看——
在炮弹下轰鸣的石块
铺盖了整个天空！
妈——妈！
此刻，重伤的夜晚被拖拽来了。
坚持了很久，
短小的夜晚，
粗糙的夜晚，
突然——

损伤了膘肥的肩膀，

可怜巴巴地倚在华沙的脖子上大哭。

群星用蓝花布手帕掩面，

尖声叫喊：

"被杀死了，

亲爱的，

我亲爱的！"

一轮新月可怕地斜视着

一只死人的拳头——握着装满的弹夹。

立陶宛的一个个村庄凑过来观看

科夫诺怎样捶胸顿足，痛不欲生，

被一个吻钉进了一截断木，

令天主堂的金眼泪流不止。

夜晚在吼叫，

无腿的夜晚，

无手的夜晚：

"不是真的，

我还行呢——

你瞧！——

我还能摆弄棕色的胡须，

让马刺伴着燃烧的玛祖卡噼啪作响！"

铃声。

您怎么了，

妈妈？

面容惨白、惨白，像棺椁上的白绫。

"别胡说了！

电报，说的是他，

那个阵亡者。

啊，快遮住，

快遮住报纸的眼睛！"

1914

我与拿破仑

我住在大普列斯尼亚街，
36 号 24 室①。
这个地方很安静。
也很太平。
真的吗？
似乎——与我无干，
假如在这动荡的世界
有人在某个地方
轻易策动了一场战争。

夜幕降临。
美好的夜。
言语动听。
为何一些阔太太
惊恐地转动着
探照灯般硕大的眼睛，
浑身抖个不停？
街上的人群仰面跪地，
张开燃烧的嘴唇狂饮天雨，

---

① 1913—1915 年间诗人曾在此居住，现为马雅可夫斯基纪念馆。

而城市，举起旗帜一样的双手，
用红十字做祈祷，大声呼吁。

没戴头巾的礼拜堂——
装满泪水的大袋子——
倚靠着街心花园的衾枕，
而街心花园的花坛在流血，
仿佛被子弹的指爪撕碎的心。
惶恐愈加肥胖，愈加膨胀，
大口吞食变得坚硬的理性。

诺亚花店的温室已经
覆盖着致命而苍白的煤气！
请告诉莫斯科——
让她挺住！
不要放弃！
不要发抖！
再过片刻
我将迎接
众天空的主宰，——
我将活捉和杀死太阳。
看啊！
一面面旗帜在空中飘扬。
这就是他！
身躯肥胖，头发棕红。

红色铁蹄得得击打着广场，
踏着房顶的尸体横冲直撞！

保留着一颗无畏之心的
我
要向你，
一路狂吼
"我要摧毁，
我要摧毁！"
并从满是血污的房檐切下黑夜的你
发出挑战。

去吧，夜不成寐的人们，
去赴汤蹈火！
反正一样。
对我们而言，这是最后的太阳——

去吧，疯也似的俄国同胞，波兰兄弟。
今天我就是——拿破仑！
我是千军统帅，还不止于此。
不妨比较一下：
我——与——他！

他只一次，以皇帝之尊
壮胆冒死去探视疫情，——

而我每天都要去数以千计
瘟疫流行的俄罗斯雅法①慰问！

他只一次，战战兢兢身先士卒，
却留下了千古美名，——
而我仅仅在一个六月
就拿下上千座阿尔科勒②桥！

我的呐喊镌刻在时间的花岗岩上，
现在和将来都是雷霆万钧，
因为
在我像埃及一样焚毁的心中
有着成千上万座金字塔！

跟我来吧，夜不成寐的人们！
拿下高地！
勇敢冲锋！
你好啊，
我濒死的太阳，

---

① 在巴勒斯坦境内。1799 年拿破仑远征叙利亚攻克此城后，军中暴发瘟疫，
拿破仑曾去探视染上瘟疫的法军士兵，以鼓舞士气。

② 村镇名，在意大利境内。1796 年 11 月 15 日，拿破仑率法军在阿尔科勒
大桥附近向奥地利军队发起进攻并取得胜利。此役拿破仑充分表现出个
人英雄主义，他身先士卒，亲自举着旗子投身战斗，身边十多名官兵牺
牲，他本人毫发无损。

奥斯特里茨①的太阳！

人们啊！
不要畏缩！
冲着太阳！
迎着炮火！
连太阳也会蜷缩成一团！
从教堂绷紧的喉咙里发出
更响亮的嘶吼吧，葬礼进行曲！
人们啊！
当你们将那些比我
更有名的阵亡者的名字
尊为圣者，——
请记住：
战争杀死的还有一个——
来自大普列斯尼亚街的诗人！

1915

---

① 在今捷克境内。1805 年 12 月 2 日，拿破仑率法军与俄奥联军在此展开激
战并取得决定性胜利。

致俄罗斯

我来了
一只海外的鸵鸟
披着节律和韵脚的外套。
蠢笨的我极力要藏起头，
把它埋进抑扬顿挫的羽毛。
冰雪的丑鬼啊我不是你的。
灵魂啊
在羽毛里埋得更深一些吧！
将会出现另一个祖国
我看见
已经燃尽了青春的生命之火。
酷热之岛屿。
变成花瓶插着棕榈树。
"哎
让开路！"
人们蹂躏着想象力。
于是又一次
我用时间的沙粒编织
抵达另一片绿洲的足迹。
有些人缩成一团犹豫不定
——最好走开

免得被他咬着。——
有些人点头哈腰曲意逢迎。
"妈妈
啊妈妈
他会不会生蛋?"
"不知道啊心肝儿。
想必会生。"
楼房放肆地狂笑。
街道伸长脖子围观。
阵阵寒气袭来,似冷水浇身。
周身插满烟柱和手指的我
翻越岁月的一道道山岭。
也罢任凭你用卑劣手段把我抓去!
任凭你用风的剃刀把我羽毛刮掉。
让我销声匿迹吧
我这海外的异类
让我置身于所有十二月的狂暴。

1916

厌烦了

在家里坐不住。
安年斯基、丘特切夫、费特。
又一次
怀着对人间的思念
我走进
电影院、小酒肆、咖啡馆。

在桌前坐下。
光芒耀眼。
希望把愚蠢的心照亮。
没想到一个礼拜的工夫
俄罗斯人的变化竟如此之大，
我不由得要用嘴唇之火烧灼他的脸庞。

我小心翼翼地抬起眼睛，
在衣冠楚楚的人堆里搜寻。
"回去，
回——去，
快回去！"
恐惧在心里呐喊。
恐惧涌上面颊，绝望而又沉闷。

两腿不听使唤。
我看见
稍微靠右
一个地上不见、海底难寻的
神秘无比的东西
正在拼命撕扯小牛腿上的肉。

看半天也不清楚：他吃还是不吃。
看半天也不清楚：他呼吸还是不呼吸。
两俄尺面目模糊的粉红色面团，
真应该在上面缝上个标记。

只有发亮的双颊上柔软的皱褶
向肩头垂下，轻轻摆动。
心儿陷入狂乱，
在体内四下冲撞。
"回去啊！
还等什么？"

我向左望去。
张开大嘴。
转向头一个，情况变得不同：
对见过头张面孔的人而言
头一个——
乃是复活的列奥纳多·达·芬奇。

不见人影。
你们可会理解
那千百日苦难的呐喊？
缄默的灵魂不想走，
又能对谁发号施令？

我扑倒在地上，
我用石片把脸揩得出血，
我用泪水洗涤沥青路面。
我用千百次的亲吻
覆盖有轨电车聪慧的脸。

我要回家去。
我瘫倒在墙根下。
何处的玫瑰更妩媚更有茶味？
想听吗——
那我给你念一遍
麻脸的
《像牛叫一样平凡》？

1916

作者把这些诗行献给亲爱的自己

一句话。

如击鼓鸣钟，字字千钧。

"恺撒的归恺撒，上帝的归上帝。"①

而像我

这样的人

何处藏身？

何处有我栖身的山洞？

假如我

很小，

像大海汪洋，——

我会屹立在波涛的项链上，

用涨潮来取悦于月亮。

哪里我能找到心上人，

像我一样？

这样的女人肯定不会委身于狭小的天空。

啊，假如我很穷！

像亿万富翁！

金钱对灵魂意味着什么？

欲壑难填的盗贼。

---

① 语出耶稣，见《圣经·新约·马太福音》第 22 章 21 节。

一万个加利福尼亚的金矿

也满足不了我野心勃勃、放荡不羁的大军！

假如我笨嘴笨舌，

像诗人但丁

或者彼特拉克！

我会为她一人烧焦心魂，

我会让她毁掉这些诗歌！

我的话语

和我的爱

是凯旋门一座：

所有世纪的情人将

花枝招展、

不留踪迹地从下面穿过。

啊，假如我

无声无息，

像雷霆一般，——

我会浑身酸痛，

用战栗缠绕大地羸弱的修道院。

我

假如用它的全部力量呐喊——

彗星们会将燃烧的手臂弯向背后，

因寂寞难耐而跳到地面。

我会用眼睛的光芒撕咬黑夜——

啊，假如我

暗淡无光，

像太阳一样！
我很需要
用我的光芒滋润
大地干瘪的乳房！
我会拖着我的情人
消失影踪。
我啊，出生于
怎样一个充满梦呓
而又虚弱不堪的夜里，
脱胎于怎样的歌利亚①们——
如此高大
而又如此无用？

1916

---

① 据《圣经》记载，歌利亚为非利士勇士，勇猛无敌，后被大卫所杀。

善待马儿

马蹄得得，
仿佛在唱：
"格里布。
格拉布。
格罗布。
格鲁布。"①

被寒风吞噬，
被坚冰裹住的马路
一个劲儿打滑。
马儿屁股着地，
轰然倒下，
立刻
铁匠桥那些游手好闲者
一个接着一个
纷纷凑过来，
穿着时髦的大脚裤。

---

① 这四个谐音同时也各有其含义："格里布"在方言中有衰老的意思（蘑菇
也是这个词），"格拉布"意思是抢劫，"格罗布"意为棺材，"格鲁
布"意思是粗暴。马雅可夫斯基不大喜欢在诗中玩弄类似的辅音重叠的
实验，这可能是绝无仅有的一次。

他们扎成一堆，
嘻嘻哈哈，叽叽喳喳：
"马摔倒了！"
"马摔倒了！"
整个铁匠桥都在幸灾乐祸。
只有我一个
没有对他们的吠叫随声附和。
我走到近前
看见
马儿的双眼……

街道仰面倒下，
以自己的方式流淌……

我走到近前
看见——
豆大的汗珠一滴滴地
在马脸上滚动，
躲藏到鬃毛里……

这是一种怎样的
动物共有的酸楚
哗哗地从我体内流出，
继而流向四处。
"马儿啊，不要哭。
马儿啊，听我说——

你在想什么，想你不如他们？
小家伙啊，
我们所有人都有几分是马，
我们每个人都有马的秉性。"
或许
——它老了——
就不再需要奶娘，
或许，
它觉得我的想法俗不可耐，
只见
马儿
猛地一挺，
站了起来，
一阵嘶鸣，
然后摆了摆尾巴，
继续赶路。
这棕色头发的孩子，
高高兴兴回到家，
进了畜栏。
它一直以为——
它是一匹马驹，
应该活着，
应该工作。

1918

我们的进行曲

在广场上剁脚吧，宣示暴动！
把骄傲的头高高扬起！
我们要发起第二次大洪水，
把全世界的城市彻底冲洗。

时光的公牛一身花斑。
岁月的大车步履缓慢。
我们的上帝快步疾行。
心是我们激越的响鼓。

可有什么高于我们的黄金？
子弹的黄蜂可会蜇到我们？
我们的武器就是我们的歌儿
我们的黄金就是激昂的声音。

青青的草地啊请躺卧下来
给岁月的渊底铺上绿色。
弧状的彩虹啊请你把
急速的飞行送给马儿们。

看见吗星空感到寂寞！

我们在编织没有星空的歌曲。
哎大熊星座！快提出要求
把我们活捉到天空上去。

畅饮欢乐讴歌欢乐吧！
春天在血管里奔涌。
心儿啊更剧烈地搏动吧！
我们的胸膛是青铜的定音鼓。

1918

伊戈尔·谢维里亚宁

伊戈尔·瓦西里耶维奇·谢维里亚宁（Игорь Васильевич Северянин，1887—1941），生于彼得堡，1905年开始发表作品，但长期未能引起重视，相反，却招致不少非议和嘲弄，直到1911年著名诗人勃留索夫发现了他的才华并撰文予以肯定和赞扬，才使他迅速在诗坛上声誉鹊起。同年，他在彼得堡发表《自我未来派宣言》，宣告俄国自我未来派的诞生，并成为该流派的领袖。1918年起侨居国外，1941年逝世于塔林。

谢维里亚宁是自我未来派最主要的代表，是二十世纪初俄国诗歌史上优秀的抒情诗人。在他的创作里，既有忧郁感伤，又有轻松明快；既能翻新形式，又不割弃传统；既有独持风格，又能兼收并蓄。因此，与立体未来派的惊世骇俗和自由不羁恰成鲜明对照，较容易被读者理解和接受。也许，正是由于这些原因，才使他成为唯一被象征派大诗人（如勃留索夫、索洛古勃、勃洛克等）承认和肯定的未来派诗人。

主要作品有诗集《在竖琴琴弦的篱笆后》《雷声鼎沸之杯》《金弦琴》《香槟酒里的菠萝》《幕间休息》《夜莺集》《古典玫瑰》等。

献给你心灵的眼睛

都属于你心灵的眼睛——我的祈祷与忧伤，
我的疾病与恐慌，我的良心的哭泣，
还有这里所有的开端，还有这里所有的结局——
　　　　都属于你心灵的眼睛！

都属于你心灵的眼睛——丁香带来的陶醉，
教堂的弥撒——献给茉莉花之夜的赞歌，
还有无比珍贵的一切，还有激发灵感的一切——
　　　　都属于你心灵的眼睛！

都属于你心灵的眼睛——可怕的幽灵僧侣……
绞死我、拷打我吧！将我折磨、将我窒息！
然而你得接受！连同这六弦琴的欢笑与哀涕——
　　　　都属于你心灵的眼睛！

　　　　　　　　　1909

哈巴涅拉

把螺旋锥插进软木塞吧，——
女人的目光不会胆怯！……
是的，女人的目光不会胆怯，
那是通向火辣辣的激情的小径……

把麝香葡萄酒的琥珀倒进杯子吧，
尽情欣赏这一抹绚烂的斜阳……
把思想染上落日的颜色吧，
并等待，等待爱情的隆隆作响！……

追逐女人吧，丢掉思想……
接吻的次数——去数一数！……
把最后的乐章也算成亲吻吧，——
这将是一种合适意义上的幸福！……

1909

超级正方形

我不想谈论任何问题，无论何时……
啊相信我！——我累了，精疲力竭……
当过多年刽子手，——刽子手不能胡思乱想……
仿佛野兽，迷失在诗歌与惶恐之间……

无论何时，我不想谈论任何问题……
我累了……啊相信我！我精疲力竭……
刽子手当过多年，——刽子手不能胡思乱想……
在惶恐与诗歌之间，仿佛野兽迷失……

任何问题，无论何时我不想谈论……
我精疲力竭……啊相信我！我累了……
刽子手不能胡思乱想！……当过多年刽子手……
在诗歌与惶恐之间迷失，仿佛野兽……

谈论任何问题，任何时候我都不想！……
我精疲力竭，我累了，啊相信我！……
不能胡思乱想啊刽子手！……刽子手当过多年！……
仿佛野兽，在惶恐与诗歌之间迷失！……

1910

自我未来主义序幕

宏大之诗

> 你们走的是寻常之路，
> 他在朝无路可循的雪峰攀登。
> ——米拉·罗赫维茨卡娅

1

米拉·罗赫维茨卡娅的遗骨已经入土，
十字架变成了陵园。
但她令人迷狂的林荫道诗篇
至今依然那么美轮美奂。

春天，当患病的福凡诺夫
折磨着自己，嘶哑地歌唱，
五月的公主来到他身旁，
用襁褓把他裹上……

唉，梦想的奥林匹斯山，
它林中的空地荒芜寂寥……
普希金于我们成了杰尔查文，——
我们需要新的声音！

如今到处都有飞艇游弋，
转动着螺旋桨，四处横飞
元音叶韵仿佛马刀
冲动之中把韵脚砍碎！

我们活在真切和短暂之中，——
我们的被宠坏的任性：
可以冷冰冰，但要激情饱满，
并且每一个字都能成为惊喜。

我们不能容忍廉价的拷贝，
期待它们司空见惯的语调
和令人震惊的乌托邦
就好比期待玫瑰色的大象……

灵魂变得精致地坚硬，
文化腐烂了，如洛克福尔羊乳干酪；
但我相信：扇子会扇出风！
双耳罐中的果汁会像琴弦喷出！

诗人要来了——他近了！近了！——
他将歌唱，他将升腾！
他将把以往的所有缪斯
统统变成自己的妻妾、情妇！

他陶醉于自己的后宫，
他将失去冷酷无情的理智……
人们扑向三层战船，
美人鱼涌进房屋！

啊，没有理智的快乐的世纪，
没有叶子的颤抖的春天的世纪，
现代化的埃拉达的世纪，
和简陋破旧的创新的世纪！……

1911

2

又是黑夜的衣襟如暴风雨，
又是享受无上幸福的鸿运！
乖张和任性重新苏醒，
诗节又开始重新拥抱它们。

是的，我钟爱自己的威严的诗句，
优雅而朴素的诗句，
它像平稳的波涛流淌
在凋敝而又空虚的荒野。

让一切变得清新，让一切变得恐慌，

在路上践踏着遇到的垃圾，
它时常从水坑中拾起
自己水晶般的水柱的花纹。

生来不知道什么障碍，
一向对海岸不屑一顾，
它给高傲的人们带来享受，
给奴隶们送去鄙视。

每一俄里——它的傲慢的水流
越来越宽广，越来越宽广。
怎样的远方！怎样的宽广！
怎样的鲜花盛开的边疆！

我要给自己的谜团和罪过
像黑夜一样披上御袍，
我要给我随心所欲的任性，
给我神奇的连连惊喜，
给我精致的诗句戴上诗行的王冠！

1909

3

不该让我从刻板的书籍中

汲取灵感的源泉，——
我可不愿意摧残
灵魂的自由之光！

我善于直截了当地认识
尘世所不清楚的东西……
我驾乘着自制的飞艇
在天上高傲地翱翔！

我迷人如河流，绚丽如丁香，
我似太阳燃烧，似月光流淌，
如篝火闪耀，如影子无声，
如多彩的蝴蝶翩翩飞舞。

我凝结成冰，斯芬克斯般让人不安，
我飘舞如雪花，安睡如悬崖，
我如小鹿奔向芬兰的密林，
我如一往无前的利箭呼啸而去。

我与原始的世界不离不弃，
不管这意味着生，还是意味着死。
理智的病已经让我厌倦透顶，——
我把太阳，把太阳藏进我的胸中！

我的灵魂中尽是零散的

光亮、生命和温暖，
我在蔚蓝的天空翱翔，
带着阳光的随从！

怎样的宽广！遥远！景象！
怎样的欢乐！空气！光明！
没有给野性举行的葬礼，
但也没有给文化的礼赞！

1909

4

我轰动了整个儿俄罗斯，
作为一个臭名昭著的角色！……
有时人们简直把我视为
文学大业的救世主；

有时在大庭广众面前骂我——
说是因为我，遍地都是所多玛！
对头脑愚钝的裁判官
我给予冷酷无情的嘲弄！

面对我的任务，我是孤独的，
就因为我的孤单，

我要把萎靡不振的世界拱手让出，
而为自己的坟墓编一个花环。

1911

自我未来主义尾声

1

我是天才伊戈尔·谢维里亚宁，
我陶醉于自己的成功；
我上了所有城市的银幕！
我在所有人心中得到肯定。

从巴亚泽特到旅顺港，
我拉出一条顽强的边界，
我征服了整个文坛！
我轰轰烈烈地登上王座！

一年前我说："我会加冕！"
一年轰然过去，瞧——我已君临！
我把奥林波夫视作犹大，
但我否定的不是他，而是仇恨。

我朝着目标踽踽独行！——
我曾明白无误地宣称。
有眼力的那些人纷纷来投我，
他们给了我欣喜，却没给我力量。

剩下我们四个人。但只有我
只有我的力量日渐增长。
它没有要求别人给予支持，
也没因为别人加入而更强。

它在增长，在自己的孤独中
它显得越加高傲和自信，——
而且，在自杀的魅惑中
蒙古金帐倾覆为我的帐篷……

两个从雪地悬崖的催眠
逃进了腐朽的沼泽地；
每个人都芒刺在背：
因为逃兵的起飞乃是病态之举。

我客气地收留了他们：我善于
客气地对待一切，——跑吧，你好！
飞吧，亲爱的，大胆地飞向蛇！
蛇！把鹰缠住吧，以此做回报！

2

我完成了自己的任务，
我征服了整个文坛。
我将征服者的激情

抛给强者，祝他们得偿夙愿。

但我没有赋予奴隶的群俗
我自己的"自我"之意义，
我跺脚抖去鞋上的灰尘，
重新步入广阔天地——这是我的路。

我面带一丝嘲笑走下王座
如今我已是一名幸福的香客。
我走进那些羞怯的山谷，
我看到了罗马满脸的惊愕。

阿谀奉迎的随从令我厌倦，
我天生容易产生饥渴，
幻想与鲜花混合在一起，
我的高脚杯里存满了露水。

我的大脑澄清了一些疑惑，
我的心向往原始和质朴。
我看见挂着露珠的雾霭！
我听见椴树动人的旋律！

不是学生也不是老师，
大人物的朋友，小人物的兄弟，
我要去那里，我的探索的鼓舞者——

农舍的乡音所在之地。

期待久别重逢！信仰的宽容
在无拘无束中才显得美好。
我的宇宙般博大的胸襟
会像太阳一样将阴霾统统扫掉！

1912

自我波洛涅兹

活着吧，有生的一切！在太阳的红云下
跳起你们的波洛涅兹舞吧，人们，勇敢些！
我的诗歌像田野里堆积如山的麦禾，
像激昂的金色小号，是何等的丰硕！

这里边洋溢着爱情充满了优雅，
——请听一听嘴唇唱出的歌——
世上的一切供奉都是献给自我，
尽情地活着吧，天地间有生的一切！

整个茫茫宇宙中只有我们两个：
我和愿望——并且这二者
永远结为一体。活着吧，有生的一切！
你的生命乃是注定的，永不枯竭！

1912

最高智慧

致彼得·拉里昂诺夫

我体验了所有的体验。
我认识了所有的认识。
我愿望了自己的愿望。
我青春了自己的青春。

我的道路早已找到，
却又很快重新失去……
如今只剩下一个理由，
宽恕和祈求："对不起。"

生活中有欢乐也有苦涩，
对此你要学会全盘接受。
理想圣洁。思想罪恶。
离开思想生命更加鲜活。

莫要纠缠宇宙问题，
如果并不了解问题的本质。
敞开你灵魂的胸襟吧，
大口吸收诗的神圣音符。

聆听激情！体会自然！回味美酒！

举办一场了无牵挂的盛宴!
要用鹰的语言大声讴歌
上天暂时赐予你的这个世界!

1918

谢尔盖·叶赛宁

谢尔盖·亚历山德罗维奇·叶赛宁（Сергей Александрович Есенин，1895—1925）生于梁赞省康斯坦丁诺沃村一个农民家庭，1904 年入本村学堂读书，1909 年毕业后进入当地一所教会师范学校，1912 年毕业后离开家乡前往莫斯科，先后在肉铺当过伙计，在印刷厂当过校对员。1913 年考取沙尼亚夫斯基莫斯科人民大学文史科旁听生，并与苏里科夫文学音乐小组成员交往。1914 年开始发表作品，1915 年由莫斯科专程去彼得格勒，携诗向勃洛克、戈罗杰茨基等人求教，得到他们的鼓励。1916 年应征入伍，在皇家战地卫生专列上服役，同时开始与新农民诗派成员交往，出版首部诗集《扫墓日》（1916）。1918 年与马利恩戈夫共同发起意象主义运动，相继出版《圣像画》（1921）、《流氓的自白》（1921）、《一个惹是生非者的诗》（1923）、《小酒馆的莫斯科》（1924）等多部诗集。游历过高加索和中亚，到过西欧和美国。晚年精神抑郁，1925 年 12 月 23 日在列宁格勒自缢身亡。

已是傍晚。荨麻上

已是傍晚。荨麻上
闪着晶莹的露珠。
我站在大道旁，
倚靠着一棵柳树。

皎洁的月光
倾泻在我家房顶。
远处不知哪里
传来夜莺的歌声。

既温暖又惬意，
仿佛围着冬天的火炉。
白桦亭亭玉立，
如一根根高大的蜡烛。

而在树林的尽头，
在远处的河对岸，
一个困倦的更夫
敲着沉闷的梆点。

1910

稠李树播撒着漫天雪花

稠李树播撒着漫天雪花，
挂满露珠的草地花团锦簇。
低头啄食嫩芽的白嘴鸦
不时在田垄间逡巡、踯躅。

丝绒般的草儿低垂着头，
松树散发着松脂的清香。
你们啊，草场和树林——
这盎然的春意令我痴狂。

神秘的消息令人兴奋，
把我的灵魂照亮。
我思念我的新娘，
我只为她而歌唱。

播撒雪花吧，稠李树，
鸟儿啊，尽情在林中放歌。
我像起伏的浪花奔跑，
给田野涂上缤纷的颜色。

1910

朝圣者

朝圣者们辗转于各个村庄，
渴了讨杯克瓦斯，饿了讨口干粮，
每到一个礼拜堂都要在门前
跪拜救世主，高喊"我主荣光"。

朝圣者们穿过一片片田野，
高唱颂诗赞美至善的耶稣。
大嗓门儿的鹅为他们嘎嘎伴唱，
驮货的驽马按他们的节拍踏步。

这些穷苦人蹒跚着走近牛群，
对母牛说的话饱含酸楚：
"我们的肩头扛着枷锁，
我们全都服侍一个上主。"

朝圣者们把省下的干粮
匆忙从怀里掏出给母牛果腹。
一帮放牛娃挖苦地叫喊：
"艺人来了，姑娘们，快去跳舞！"

1910

可爱的故乡！心儿梦见

可爱的故乡！心儿梦见
河水怀抱着太阳的金光！
我真想淹没在这绿色里，
潜入你苍翠的万千声响。

纵横交错的阡陌裹着
木犀草和三叶草的僧衣。
柳树默默地数着念珠，
仿佛素面慈心的修女。

沼泽地上云雾缭绕，
天空似一片烧焦的林地，
我怀着不肯示人的秘密，
为某人把想法埋在心底。

我欢迎一切，接受一切，
乐意向别人袒露心迹。
我来到这一片土地，
是为了尽快离她而去。

1914

车 夫

沿着一条羊肠小道，
向崎岖的草原狂奔。
哎，你们，亲爱的雄鹰，
赶快出来啊，小伙子们！

个头矮小的村镇
掩映在傍晚的烟雾中。
有位美人等我已久，
她的闺阁甚是销魂。

新漆过的车轭
昏暗中闪着镀金的光泽。
啊，你们，雪橇飞机，
还有这松软的茫茫雪野！

铃声清脆，铃声悠扬，
马套上挂着无数铃铛。
只消我在巷口大吼一声，
全镇都会出来，把我围在中央。

小伙们出来，少女们出来

齐声赞美冬天的晚上，
他们放开喉咙大声歌唱，
一直唱到天亮。

1914

干旱毁了已经播种的土地

干旱毁了已经播种的土地。
燕麦不抽芽，黑麦要枯掉。
少女们穿行在松林带，
去参加挂神幡的祷告。

教民们聚集在丛林旁边，
掩饰不住忧思如焚。
瘦弱的执事喃喃地恳求：
"主啊，快救救你的子民！"

天国的大门徐徐打开，
助祭神情刚毅地大声疾呼：
"我们还得为信仰祷告，兄弟们，
这样上帝才会为我们降下甘露。"

快乐的鸟儿们在水中沐浴，
神父双手接雨，水花在掌中四溅，
喋喋不休的喜鹊们就像媒婆，
对着久违的客人——雨水不停地叫喊。

霞光在树林后面泛起泡沫，

白云仿佛粗麻布缓缓爬行，
一条小河水声潺潺，
流过一簇簇艾蒿和灌木丛。

农民们摘下帽子，一边祈祷，
一边长吁短叹，彼此交谈：
"好端端的一场春播，都抽穗了，
全给毁了，这场倒霉的大旱。"

拉着雪橇的黑云骏马身上
烈焰马套抖动着……蓝色和战栗。
小伙子们在广袤的草原上呼喊：
"雨啊，雨，请浇灌一下我们的麦地！"

1914

你多美啊，亲爱的罗斯

你多美啊，亲爱的罗斯，
农舍披着圣像的金饰……
放眼四望，无边无际——
只有蓝天把眼睛吮吸。

仿佛外来的朝圣者，
我凝视着你的田野，
一道低矮的栅栏旁
白杨树叶已经凋落。

庆祝救主节的教堂
散发着苹果和蜂蜜的芳香。
人们手拉手翩翩起舞，
歌声和乐曲在草地上震荡。

我要沿着坎坷的小路
奔向一片绿色的草场，
迎面传来少女的笑声，
犹如耳环发出的脆响。

假如天兵对我叫喊：

"离开罗斯，去天堂生活！"
我会回答："我不要天堂，
我只要我的祖国。"

1914

我的故乡啊，故乡

我的故乡啊，故乡，
苦命的地方。
只有森林，贫瘠的土地，
河对岸的一弯月亮……

老旧的教堂破败不堪，
十字架耸入云里。
沼泽地的布谷鸟
不肯飞离自己的伤心地。

每年春汛，朝圣者的汗水
从那些手杖和行囊
可是流到了你的身上，
我亲爱的故乡？

风尘仆仆的黝黑脸膛，
远方啃光了眼睑，
仁慈的救世主的忧伤
浸入了干瘦的躯干。

1914

我被遗弃的故乡啊

我被遗弃的故乡啊，
我的穷乡僻壤。
树林和修道院，
无人收割的草场。

茅屋东倒西斜，
总共就五户人家。
在朝霞的映照下
屋顶似泛起浪花。

房顶的稻草下面
裸露出根根木梁，
风儿给灰蓝的霉斑
撒上金色的阳光。

乌鸦振动翅膀，
准确地拍打窗棂，
稠李树如暴风雪
频频把衣袖挥动。

莫非树叶间在讲述

你的过去和生活？
傍晚时分针茅
向旅人耳语了什么？

1914

狗之歌

清晨，在堆放黑麦的角落，
金灿灿的蒲席铺成一排，
母狗在那里生了七个孩子，
七只毛色棕黄的小狗崽。

直到傍晚她都在爱抚他们，
用舌头把他们的毛发梳理，
她暖融融的肚皮下面
流淌出融雪般的乳汁。

到了晚上，当母鸡们
蹲满了整个灶台，
愁眉不展的主人走了出来，
把七只狗崽装进口袋。

她踏着积雪跑啊，跑，
紧跟在主人身后……
尚未封冻的平静水面
久久地久久地发抖……

当母狗舔着身上的汗水，

踉踉跄跄回到主人的农舍，
她觉得房顶上的月亮
就是她孩子中的一个。

她望着蓝色的夜空，
朝着月亮吠个不停，
而纤细的月牙滑落了，
在山岗后面没了踪影。

如同当人们戏耍地
给她扔块石头作为施舍，
母狗的双眼仿佛两颗金星，
悄无声息地在雪地陨落。

1915

乌云仿佛百匹母马

乌云仿佛百匹母马，
产仔儿般大声嚎叫，
红色翅膀的烈焰
在我头顶熊熊燃烧。

天空像乳房，
繁星似乳头。
上帝的名字
在山羊肚里孕育。

我相信，明早，
当天边初现微明，
新的拿撒勒
将在云雾之下诞生。

田野将放声讴歌
一个崭新的圣诞，
山那边的曙光将像
狗一样吠叫不断。

只是我知道，将有

可怕的哀号和呐喊，
人们将断然拒绝
对新面孔加以颂赞。

宝剑咔嚓一响，
大地的嘴巴倒竖，
从夕阳的面颊上
跳下岁月的颧骨。

它们犹如扁角鹿
跑进异地的原野，
新的西缅在那里
高举起双手迎接。

1916

我已厌倦故乡的生活

我已厌倦故乡的生活，
为广阔的麦田兀自伤悲，
我将离开低矮的茅屋，
去做一个流浪汉或窃贼。

我将借着熹微的晨光，
去寻找一处寒舍栖身，
我亲爱的朋友会将一把
磨好的刀插进我的靴筒。

草地上一条黄色的路
撒满浓浓的春意和阳光。
而我珍惜的那个女人
把我赶到门外，流落四方。

我还会回到我的老家，
从别人的快乐中汲取慰藉，
我将在一个绿色的傍晚
撕掉衣袖，在窗下自缢。

篱笆旁那棵白发柳树

将更温柔地低下头来，
人们将在狗吠声中
把蓬头垢面的我掩埋。

而月亮还将在天上游弋，
把无数的船桨丢进湖里……
罗斯将一如既往地活着，
在栅栏旁边跳舞、哭泣。

1916

风不是无缘无故地刮

风不是无缘无故地刮，
雨不是无缘无故地下……
一个神秘的人用宁静的光
滋润了我的双眼和面颊。

有了某个人春天的爱抚，
我在蓝色雾霭中不再惆怅，
不再为那个美好的异地，
那个无法领悟的所在忧伤。

无声的银河不再令人压抑，
星空的恐惧不再令人茫然，
我爱上了平和与永恒，
如同眷恋自己的家园。

那里一切美好而神圣，
一切惶恐都光彩夺目，
镜子般平静的湖面上
拍溅着晚霞的红罂粟。

向往着庄稼的海洋，

一个形象脱口而出：
生了仔儿的天空
舔舐着红色的牛犊。

1917

明天一早请把我叫醒

明天一早请把我叫醒，
啊，我吃苦耐劳的母亲！
我要去翻山越岭，
迎接一位尊贵的客人。

我今天在林间草地上
见到两行宽宽的车辙，
在一片白云的顶盖下
风拍打着金色的车轭。

明天一早它会疾驰而去，
将帽子般的月亮压在树下。
一匹母马将在平原上空
顽皮地甩起红色的尾巴。

明天一早请把我叫醒，
在我们屋内点上一盏灯，
据说，我很快将成为
声名远扬的俄罗斯诗人。

我将歌唱你和客人，

我们的茅屋、火炉和公鸡……
你褐色奶牛的乳汁
将流进我笔下的诗句。

1917

田野已收割，树木已凋零

田野已收割，树木已凋零，
薄雾和湿气在四处弥漫。
无声的太阳好像火轮
滚落到远处的青山后面。

松软的道路打着瞌睡，
在迷离的幻想中它感觉
冬天已经近在眼前，
大地将覆盖皑皑的白雪。

啊，昨天我在雾中，
在喧闹的丛林亲眼见到
棕色的月亮像只马驹
套上了我们的雪橇。

1917

灵魂渴念着高远的天空

灵魂渴念着高远的天空，
它不能久留于此地的田埂。
我喜欢，当一棵棵树上
有绿莹莹的火光微微闪动。

那是金色树干上的枝条，
仿佛蜡烛，守护着一个秘密，
语词的群星如花绽放，
在新发的绿叶上，绚丽无比。

我能理解大地的语言，
可是我甩不掉这一苦痛，
一如山涧总能映射出
在空中突然划过的彗星。

如此，马儿无法用尾巴
把饮水的月亮甩到背上……
啊，但愿能生出一双慧眼，
向着深处，跟这些叶子一样。

1919

流氓的自白

不是人人都善于唱歌，
不是人人都可以
成为一只落在别人脚下的苹果。

这是一篇最伟大的自白，
一个流氓的自白。

我故意蓬头垢面，
脑袋像是肩上的油灯一盏。
我喜欢在黑暗中照亮
你们灵魂叶子凋零的秋天。
我喜欢，当谩骂的石块
朝我飞来，如雷鸣电闪的冰雹，
那时我只会用手更有力地
握紧我的头发摇晃出来的气泡。

那时我会愉快地回想起
荒芜的池塘和沙哑的红杨，
回想起世上还有我的父母，
他们不在乎我的诗写得怎样，
他们只在乎我，在乎田野和骨肉，

在乎那场春雨，好滋润秧苗。
他们恨不能操起草叉找你们拼命，
每当你们凶恶地朝我大喊大叫。

可怜的，可怜的农民啊！
你们大概变了，其貌不扬，
一样害怕上帝和沼泽之深。
啊，多希望你们能明白
你们的儿子在俄罗斯
已成为最最优秀的诗人！
即便他赤足浸在秋天的水洼，
你们的心不照样为他挂了层霜雪？
现如今他戴上了圆筒帽，
穿上了油光锃亮的漆皮鞋。

可他身上还是流着从前的血，
还是那个农村捣蛋鬼，桀骜不驯。
对肉店招牌上的每头母牛
他都要远远地鞠躬致敬。
每当在广场上与车老板们相遇，
想起来自故乡田野的马粪味，
他恨不得捧起每匹马的尾巴，
就像捧起新娘长裙的后摆。

我热爱故乡。
我非常热爱故乡！

尽管怀着柳树凋敝时的忧伤。
我喜欢那些猪儿脏兮兮的面孔，
喜欢静谧的夜晚那动听的蛙鸣。
童年的回忆让我患上了温柔的怀乡病，
我不时梦见四月的黄昏的潮湿与阴沉。
似乎我们家的槭树
蹲到了晚霞的篝火前取暖。
啊，记不清有多少次我爬到树上，
从那些乌鸦巢里偷走过多少鸟蛋！
这棵老树是否还和从前一样，
有着郁郁青青的冠盖？
树皮可还结实，树干可还硬朗？

你呢，我亲爱的，
忠实的花狗？！
你老了，变得又聋又哑，
耷拉着尾巴，在院子里转悠，
嗅觉不灵了，忘记了狗窝在哪儿，门在哪儿。
啊，我是多么珍惜所有那些恶作剧，
每当我们从老娘那里偷一块干粮，
总是一起吃，你一口，我一口，
谁也不欺负谁，谁也不多吃多抢。

我还是一如既往。
我的心没什么两样。
如麦地里的矢车菊，

浅蓝色的双眼在我脸上绽放。
展开诗歌的金色蒲包，
我要对你们诉说衷肠。

晚安！
你们所有人晚安！
晚霞的镰刀在草丛上没了声响……
今天我格外想要
从窗口凝望天上的月亮…………

蓝蓝的，蓝蓝的光！
在这蓝色中，即便死去也心甘情愿。
然而我真是不可救药，厚颜无耻，
竟然把灯笼挂在屁股后面！
老迈、善良、疲惫的珀伽索斯啊，
我可还需要你软绵绵的脚步？
我仿佛一位不苟言笑的大师，
来赞美和歌唱那些硕鼠。
我的脑袋啊，好似八月，
一团乱发的酒肆意流淌。

我想驾一叶黄帆远航，
去我们正在前往的地方。

1920

我的故乡啊，我的故乡

我的故乡啊，我的故乡！
铅青的雨水，铅青的秋。
在黑水洼中瑟瑟打抖的路灯
映出一颗没长嘴巴的头。

不，我最好不看，以免
对更坏的东西视而不见，
而对这一片腐烂景象
我只能眯缝起双眼。

这样会暖和些，好受些。
你看：两座楼房的骷髅间
那钟楼好似一个磨粉工
拎着两只铜钟的口袋。

如果饿了——你会吃饱。
如果不幸——你会快乐。
只是不要这样公然看着，
我尘世的不知名的兄弟。

我是怎么想就怎么做，

不过做的都是一件事！
看得出，身体过于习惯
感受这种严寒和战栗。

那又如何？这样的人很多，
世上的活人不止我一个！
而路灯忽而闪烁，忽而
用没长嘴巴的头大声笑着。

只有破旧衣衫下的心儿
低声对造访大地的我说：
"我的朋友啊，我的朋友，
唯有死亡能让锐利的眼睛闭合。"

1921

我不悔恨，不呼喊，不哭泣

我不悔恨，不呼喊，不哭泣，
一切都会消散，如苹果花的白烟。
全身浸染着凋敝的金色，
我再也留不住青春的华年。

被寒气冻伤的心啊，
你如今再也不会剧烈跳荡，
风景如画的白桦之国啊，
不再吸引人赤足徜徉。

流浪者的魂魄！你越来越
难以激发嘴唇的烈焰。
啊，我那失去的新鲜，
狂野的眼神，奔放的情感。

我心灰意冷了吗，我的生活？
抑或你只是我的一场梦？
好像我在喧闹的早春
骑在枣红马上纵情驰骋。

人生在世难免一死，

金色的枫叶脱落，飘舞……
荣枯有时的万物啊，
我要给你们永恒的祝福。

1921

你是如此单纯，跟所有人一样

你是如此单纯，跟所有人一样，
跟俄罗斯成千上万的他人一样，
你知道孤独的黎明，
你知道秋天蓝色的寒凉。

我的心陷入可笑的窘境，
我的想法愚蠢透顶，
你圣像的、严肃的脸庞
张挂在梁赞各地的礼拜堂。

我曾唾弃这些圣像，
我曾崇拜浪子的粗野和吼叫，
可如今突然冒出新的歌词
配那些最柔情最温顺的曲调。

我不想飞到极顶，
这对身体要求太高，
你的名字为何这样响亮，
好似八月的清凉?

我不是乞丐，不可怜，也不低贱，

我善于在热情的背后听出：
我从儿时就懂得如何
讨那些公狗和草原上的母马喜欢。

正因如此我才没有为你、
为她、为那位女子爱惜自己。
诗人那颗发疯的心——
是不愉快的幸福的保证。

所以我才感到忧伤，
仿佛落进一堆落叶、一双斜视的眼睛……
你是如此单纯，跟大家一样，
跟俄罗斯成千上万的他人一样。

1923

给母亲的信

你还活着吗，我的老娘？
我也活着。你好啊，你好！
愿你低矮的木屋上方
常有不可言喻的夕晖照耀。

有人写信给我，说你成天
为我担惊受怕，焦虑挂牵，
说你总到村口大路上张望，
穿着那件破旧的老式坎肩。

说你在蓝色的暮霭中
时常见到同样一个景象：
好像有人在酒馆里跟我打架，
将一把芬兰匕首插进了我心脏。

没有的事，亲爱的！放心吧。
这只不过是一场噩梦。
我还不至于这么糊涂，
没见你一面就死于非命。

我还跟从前一样性情温顺，

并且总是幻想着一件事情，
就是要尽快回到低矮的农舍，
好排遣我挥之不去的苦闷。

我会回来，当咱家白净的花园
枝头绽放出春天的新绿，
只是不要再像八年前那样
天一放亮就把我从床上唤起。

不要再提起那破灭的幻想，
不要再提起没实现的理想——
我在生活中实在是过早
体验到了失意和哀伤。

也不要教我祈祷。没有必要！
一切都过去了，一去不回。
你是我唯一的支柱和快乐，
你是我唯一的不可言喻的夕辉。

用不着为我担惊受怕，
用不着为我焦虑挂牵。
别总到村口大路上张望，
穿着那件破旧的老式坎肩。

1924

我们这些人如今逐渐凋零

我们这些人如今逐渐凋零，
去往一个宁静美好的地方。
或许，我很快也得上路，
背起装着一应物品的行囊。

可爱而又茂盛的白桦林啊！
一马平川！野碧沙黄！
面对这些即将离去的人，
我无法掩饰自己的哀伤。

在这世界上，我太过钟爱
能将灵魂装进肉体的东西。
祝山杨树平安，——它们的枝头
盯着绯红的水面，那么痴迷。

我在寂静中想了很多，很多，
我为自己写下了许多许多的歌，
我在这忧郁的大地上感到幸福，
因为我曾在这里呼吸，生活。

我幸福，我亲吻过女人，

蹂躏过花朵，忘情于草地，
我从来不曾虐待过动物，
就像对待自己的小兄弟。

我知道那里的树丛不开花，
黑麦不会有天鹅的歌喉，
所以面对那些即将离去的人
我总是抑制不住浑身发抖。

我知道，那里不会有
在暮霭中闪着金光的田埂，
所以我才倍加珍惜那些
跟我一起活在世上的人。

1924

致卡恰洛夫的爱犬

把你的爪子给我，吉姆，祝我好运，
这样的爪子我还没有见过。
让我们俩在月光下吠叫一阵，
祈祷明日的天气安静祥和。
把你的爪子给我，吉姆，祝我好运。

亲爱的，不要舔舐你的毛，
让我们明白一个再简单不过的道理。
你其实并不了解什么是生活，
不了解活在世上究竟有何意义。

你的主人和蔼可亲，赫赫有名，
家里经常贵客盈门，高朋满座，
人人笑容可掬，一心讨好你，
都想把你天鹅绒般的皮毛抚摸。

作为一条狗，你俊俏得出奇，
你很容易轻信，神态可人，
还没有征得任何人的允准，
你就像醉酒的朋友凑上去亲吻。

可爱的吉姆啊，你的客人
可谓林林总总，形形色色，
可记得有位抑郁寡欢的女子
偶尔也会出人意外地来此做客？

她会来的，我向你保证。
我不在，就替我盯着她的眼睛，
代我温柔地舔舐她的手，
为我做错或没做错的一切事情。

1925

图书在版编目（CIP）数据

白银时代诗歌金库·男诗人卷/（俄罗斯）曼德尔施塔姆等著;郑体武译.—杭州：浙江文艺出版社,2020.1
ISBN 978-7-5339-5903-6

Ⅰ.①白… Ⅱ.①曼… ②郑… Ⅲ.①诗集-俄罗斯-近代
Ⅳ.①I512.24

中国版本图书馆 CIP 数据核字（2019）第 217580 号

策划统筹：曹元勇
责任编辑：王丽荣
文字编辑：庄馨丽
封面设计：周伟伟
责任印制：吴春娟

白银时代诗歌金库·男诗人卷
[俄]曼德尔施塔姆 马雅可夫斯基 等著
郑体武 译

出版：浙江文藝出版社
地址：杭州市体育场路 347 号 邮编：310006
网址：www.zjwycbs.cn
经销：浙江省新华书店集团有限公司
印刷：上海中华商务联合印刷有限公司
开本：880 毫米×1230 毫米 1/32
字数：300 千字
印张：14.875
插页：4
版次：2020 年 1 月第 1 版
印次：2020 年 1 月第 1 次印刷
书号：ISBN 978-7-5339-5903-6
定价：69.00 元（精装）